A estação das sombras

Léonora Miano

Tradução de Celina Portocarrero

Rio de Janeiro • 2020
1ª edição
1ª reimpressão

Pallas

Copyright © 2013
Editions Grasset & Fasquelle

EDITORAS
Cristina Fernandes Warth
Mariana Warth

COORDENAÇÃO DE PRODUÇÃO, PROJETO GRÁFICO E CAPA
Daniel Viana

TRADUÇÃO
Celina Portocarrero

REVISÃO
Raquel Menezes

IMAGEM DE CAPA
Burning of Coomassie [Incêndio de Kumasi]. STANLEY, Henry M.
Coomassie and Magdala: the story of two british campaigns in Africa.
New York: Harper & Brothers, 1874. pos p. 242

Todos os direitos reservados à Pallas Editora e Distribuidora Ltda.
É vedada a reprodução por qualquer meio mecânico, eletrônico, xerográfico etc.,
sem a permissão por escrito da editora, de parte ou totalidade do material escrito.

(Este livro segue as novas regras do Acordo Ortográfico da Língua Portuguesa.)

CIP-BRASIL. CATALOGAÇÃO NA PUBLICAÇÃO
SINDICATO NACIONAL DOS EDITORES DE LIVROS, RJ

M566e

Miano, Léonora, 1973-
  A estação das sombras / Léonora Miano ; tradução Celina Portocarrero. - 1. ed. -
Rio de Janeiro : Pallas, 2017.
  240 p. : il. ; 21 cm.

  Tradução de: la saison de l'ombre
  ISBN 978-85-347-0540-0

  1. Romance africano (Francês) I. Portocarrero, Celina. II. Título.

17-42962
CDD: 843
CDU: 821.133.1

Cet ouvrage a bénéficié du soutien des Programmes d'aides à la publication de l'Institut Français.

Este livro contou com o apoio à publicação do Institut Français.

Pallas Editora e Distribuidora Ltda.
Rua Frederico de Albuquerque, 56 — Higienópolis
CEP 21050-840 — Rio de Janeiro — RJ
Tel./fax: 21 2270-0186
www.pallaseditora.com.br
pallas@pallaseditora.com.br

Aos residentes da sombra
que cobre o sudário atlântico.
Aos que os amavam.

Sentinela, o que dizes da noite?
Sentinela, o que dizes da noite?
A sentinela responde:
Vem a manhã, e também a noite.
Isaías, 21, 11-12.

Ah, que epopeia futura
reanimará nossas sombras desfalecidas?
Franketienne, Ultravocal.

AURORA FULIGINOSA

Elas ignoram, mas aquilo acontece com todas ao mesmo tempo. Aquelas cujos filhos não foram encontrados fecharam os olhos, depois de muitas noites insones. Nem todas as casas foram reconstruídas depois do grande incêndio. Reunidas numa habitação distante das outras, elas combatem a tristeza, como podem. Durante o dia, nada dizem da inquietação, não pronunciam a palavra perda, nem os nomes daqueles filhos que não foram mais vistos. Na ausência do guia espiritual, também perdido não se sabe onde, o Conselho tomou as decisões que pareciam se impor. Mulheres foram consultadas: as mais velhas. As que não mais viam seu sangue há longas luas. As que o clã considera agora iguais aos homens.

    Entre as duas que tiveram o privilégio de serem ouvidas depois da tragédia, Ebeise, a primeira esposa do guia espiritual, foi especialmente levada em consideração. Como matrona, assistiu muitas parturientes. Viu tremerem alguns notáveis membros do Conselho enquanto esperavam, fora da casa na qual uma vida iria eclodir, mordendo os lábios, mascando ervas medicinais na esperança de se acalmarem, murmurando súplicas aos *maloba*[1] para serem liberados da existência entre os vivos, a tal ponto lhes era insuportável a provação. Viu-os segurar a barriga, andar de um lado para o outro, suor pingando da testa, como se estivessem eles próprios em trabalho de parto.

Viu-os fanfarronar quando o recém-nascido foi mostrado aos ancestrais. Se a criança se apresentasse em má posição ou, pior, se viesse ao mundo sem vida, a parteira secava as lágrimas dos pais, acalmava as angústias diante da interminável série de sacrifícios a realizar para conjurar a maldição. Era também ela quem preparava a mistura de ervas a ser servida quando os pais do natimorto fossem escarificados. Aqui, um símbolo lhes é traçado na pele, para que a morte se lembre de que já lhes roubou um filho. Enfim, essa mulher viu os sábios frágeis, perdidos. Não havia ninguém, no seio da assembleia dos anciãos, capaz de impressioná-la.

A anciã foi, portanto, ouvida pelos notáveis. Foi ela quem sugeriu que fossem alojadas sob o mesmo teto as mulheres cujos filhos não foram encontrados.

— Assim — declarou ela — sua dor será contida num recinto claramente circunscrito, e não se propagará por toda a aldeia. Temos muito a fazer para compreender o que nos aconteceu e depois reconstruir...

---

[1] Um glossário no final do livro esclarecerá ao leitor o significado dos termos dualas mais recorrentes. O duala é uma língua falada no litoral da República Federal dos Camarões. (N. da A.)

Preocupado com o fato de não ter a última palavra, o chefe Mukano, aprovando com um balançar de cabeça o confinamento das mães desoladas, deu aos homens mais corajosos ordem de inspecionar o matagal ao redor. Sinais poderiam ser encontrados, a fim de prevenir outros ataques.

Alguns teriam tido vontade de formular acusações. Apontar transgressões contra os ancestrais, os *maloba* e do próprio Nyambe. Que outra explicação, diante de tal drama? Os descontentes engoliram seus protestos. Sem renunciarem a expressar seu sentimento, pareceu-lhes sensato se mostrarem pacientes. Antes de lançarem as flechas, aguardarão que os estragos sejam reparados, evitando assim serem acusados de terem feito penetrar a discórdia no recinto do Conselho. Durante a conversa, o olhar franco da matrona cruzou, por diversas vezes, com o do adiposo Mutango. Nos olhos saltados do dignitário, a mulher viu surgirem ondas altas que não duvidou arrebentariam sobre o chefe, na primeira ocasião. Os dois homens são irmãos de sangue. Vindos ao mundo praticamente no mesmo dia, mas nascidos de mães diferentes, teriam ambos podido pretender ocupar a chefia, se outras fossem as leis regentes daquele domínio. Entre os mulongo, o poder se transmite pela linhagem materna. Só a mãe de Mukano tinha sangue real.

Mutango sempre considerou aquilo uma injustiça. Observava com frequência que aquele regime se apoiava numa incoerência. Se as mulheres são consideradas crianças até atingirem a idade da menopausa, é absurdo que transmitam a prerrogativa de reinar, ainda que sejam os homens a exercer a autoridade suprema. Até então, o irmão do chefe não havia conseguido alterar a regra, mas, naqueles tempos conturbados, saberá encontrar aliados que o apoiem. Ebeise desconfia. Enfim, foi depois de uma decisão do Conselho que parte das mulheres da comunidade foi reunida na mesma casa. Aquelas cujos filhos não foram encontrados. Para as que, como a parteira, não reviram os maridos, a distância e o confinamento não foram julgados necessários. São apenas duas. A segunda, Eleke, a curandeira da aldeia, foi acometida de um mal misterioso no dia seguinte ao incêndio. Durante a reunião dos anciãos, no momento de se pronunciar, ela desmaiou. Foi preciso transportá-la para casa. Desde então, ninguém mais a viu.

*

O dia se apressa para expulsar a noite, nas terras do clã mulongo. Os cantos dos pássaros anunciando a claridade ainda não se fizeram ouvir. As mulheres dormem. Em seu sono, coisa estranha lhes acontece. Quando sua alma navega pelas searas do sonho, que são outra dimensão da realidade, elas têm um encontro. Uma presença nebulosa vem até elas, até cada uma delas, e cada uma delas reconhece entre mil a voz que lhe fala. Em seu sonho, elas inclinam a cabeça, esticam o pescoço, tentam penetrar naquele vulto. Ver aquele rosto. A escuridão, entretanto, é compacta. Nada distinguem. Há apenas esta fala: *Mãe, abra para mim, para que eu possa renascer.* Elas dão um passo atrás. Insistem: *Mãe, se apresse. Precisamos agir antes do dia. Ou tudo estará perdido.* Mesmo de olhos fechados, as mulheres sabem que é preciso se proteger das vozes sem rosto. O Mal existe. Ele sabe se fazer passar por quem não é. De aurora a aurora, seu sangue implora pelo ser cujas entonações reconhecem. O que fazer, porém, sem ter certeza? Uma grande desgraça acaba de se abater sobre a aldeia. Elas se recusam a ser a causa de sofrimentos mais terríveis. Já foram separadas do grupo, isoladas como malfeitoras. Sem dúvida, foi-lhes explicado, foi a matrona quem se encarregou, a medida seria provisória, só duraria o tempo necessário para que os anciãos lidassem melhor com a situação. Depois, todas poderiam voltar a seus lares. Não foi o bastante para tranquilizá-las. Andam de cabeça baixa. Pouco se falam. Não veem os filhos menores, deixados aos cuidados das coesposas. Quando chega a hora do repouso, apoiam a cabeça numa almofada de madeira para preservar os penteados elaborados que continuam a exibir, esperando assim garantir a qualidade de seus sonhos. O momento dedicado ao sonho é abordado com a solenidade de um ritual. O sonho é uma viagem para dentro de si mesma, para fora de si mesma, pela profundidade das coisas e mais além. Não é apenas um tempo, mas também um espaço. O lugar da revelação. Às vezes, o da ilusão, estando o mundo invisível também povoado por entidades maléficas. Na preparação para o sonho, não se apoia a cabeça em qualquer lugar. É preciso um suporte adequado. Um objeto esculpido em madeira escolhida para o espírito que a abriga e sobre a qual palavras sagradas foram pronunciadas antes que fosse entalhada. Mesmo tomadas todas essas precauções, não é aconselhável fiar-se a uma voz que se acredita haver identificado.

 Num movimento simultâneo, as mulheres se viram. O gesto é nervoso. Elas não abrem os olhos. A voz se faz presente, desaparece. As últimas palavras ecoam em suas mentes: ...*antes do dia. Tudo estará perdido.* As pálpebras fechadas deixam filtrar lágrimas, enquanto elas deslizam a mão entre as pernas, dobram os joelhos. Não podem se abrir daquela maneira. Deixar-se penetrar por uma sombra. Elas choram. Aquilo acontece com todas. Ali, agora. Se uma delas teve a fraqueza de se destrancar, as outras de nada saberão. Nenhuma falará desse sonho. Nenhuma chamará de lado uma irmã para lhe sussurrar: *Ele veio. Meu primogênito. Ele me pediu...* Elas não pronunciarão os nomes daqueles filhos cujo destino se ignora. Por medo de que o Mal se apodere daquela vibração especial. Se ainda estão vivos, a prudência é aconselhável. Aqueles nomes não as abandonam. Ecoam dentro delas da aurora ao crepúsculo e as perseguem depois, quando dormem. Por vezes, nada mais há em suas mentes. Elas não os pronunciarão. Já foram postas de lado, para que os lamentos de seu coração não envenenem o cotidiano dos outros. Dos afortunados que só perderam uma casa, alguns objetos.

 Abrem os olhos. Pouco antes do canto matinal dos pássaros. A sombra custa a se dissipar. Elas têm a impressão de estar ainda em sonho, não falam, fingem dormir, enquanto o dia não amanhece. Logo se cansam dessa simulação, não conseguem manter os olhos fechados. Seu olhar vaga pela penumbra. Algumas creem distinguir as estampas da esteira de *esoko* sobre a qual estão deitadas, as fibras que se cruzam, os quadrados bordados com finas nervuras de folhas. Estão imóveis. A nuca sempre apoiada na almofada. As mães daqueles que não foram encontrados pensam, por um instante, que é uma felicidade que a casa do mestre escultor não tenha sido inteiramente destruída. Foi possível salvar, a tempo, elementos indispensáveis. É essa a razão pela qual não são obrigadas a enrolar suas esteiras para encostar a cabeça, ficando o resto do corpo deitado no chão descoberto.

A claridade reluta em se instalar. Elas percebem, pela porta aberta que dá para o exterior. A casa que lhes foi destinada não fecha. Imperceptivelmente, elas estremecem à espera do dia. Quando ele chegar, sairão. Trabalharão como se nada as preocupasse. Perguntarão a si mesmas, sem nada exigir, se em breve lhes será permitido se reunirem às suas famílias. Trocarão apenas palavras banais, aquelas que são ditas durante as tarefas domésticas. Palavras que são pronunciadas quando duas mulheres amassam juntas os tubérculos. Quando separam fibras vegetais para confeccionar um *dibato* ou uma *manjua*. Por enquanto, aguardam. Escrutinam a penumbra, dentro e fora da casa comum. As mulheres cujos filhos não foram encontrados ignoram que, no céu, o sol já se instalou. Brilha sob o nome de Etume, sua primeira identidade. Ao longo do dia, se transformará em Ntindi, Esama, Enange, marcando, por meio de suas mutações, o percurso cotidiano do tempo.

É Ebeise quem primeiro se dá conta do fenômeno. Ela tem por hábito levantar-se antes do dia, a fim de preparar a refeição do seu homem. Ele só come, na aurora, pratos preparados pela primeira esposa. Hoje, ela nada lhe servirá. Ele desapareceu, na noite do grande incêndio. O clã está privado do seu guia espiritual. Ela olha. Reprime medo e cólera, tenta compreender. A coisa é inédita.

A mulher, discreta, deixa a casa para se dirigir à morada de Musima, seu primogênito. Nos últimos tempos, ele se deita debaixo de uma árvore nos fundos de sua concessão. Quando ela chega ao local, ele não dorme mais, queima cascas recitando feitiços. Irá depois interrogar os ancestrais, depositar alguns víveres ao pé dos relicários, untar as mãos com óleo para massagear, com humildade, suas cabeças de madeira esculpida. O desaparecimento de seu pai é inexplicável. Um homem como aquele não se desintegra na natureza. Nem a própria morte seria capaz de surpreendê-lo. Ele deve pressenti-la à distância. Conhecer o momento exato. Ter deixado tudo em ordem, muito antes do encontro fatal.

O filho do Ministro dos Cultos e da matrona parece preocupado. Apressa-se a interrogar, uma vez mais, o *ngambi*. Seu coração não está em paz. Ele se sente fraco porque seu pai desapareceu antes de lhe ensinar tudo o que é preciso saber. Em vão tentou chamá-lo para vê-lo nos sonhos, o homem não apareceu. Uma vez, imaginou ouvir-lhe a voz. Depressa demais ela se extinguiu. Não passava de um sopro no vento, um eco distante. Musima sabe que o pai, onde quer que se encontre desde o incêndio, tem o poder de zombar das distâncias. Um espírito como o dele não tardaria tanto a se manifestar, salvo em caso de catástrofe. E se ele não mais fosse deste mundo, seu filho há muitos dias já o teria sentido vir ao seu encontro. Ao som dos passos da mãe, ele ergue os olhos. Ela lhe faz sinal para nada dizer, aproxima-se. A mulher não havia feito a toalete matinal. Ou teria a pele reluzente de óleo de *njabi* perfumado. Teria passado no rosto um pó de argila vermelha, para se proteger do sol. A anciã vestiu às pressas a *manjua*, a vestimenta que, desde o grande incêndio, todos usam em sinal de lamento. Será retirada uma vez terminada a reconstrução. Então, será partilhado o *dindo*, refeição oferecida ao findar a provação. A matrona não exibe qualquer adereço. Apenas um pingente que nunca a abandona lhe enfeita o pescoço. O amuleto balança entre seus seios nus enquanto ela se aproxima.

    O homem se levanta, abaixa a cabeça em sinal de respeito. Ebeise cochicha:

— Filho, venha ver. Depressa, antes que todo mundo... Ela o puxa pelo braço. Inútil andar por mais tempo. A coisa é visível de longe. A mulher aponta na direção da casa em que estão agrupadas aquelas cujos filhos não foram mais vistos. Uma bruma espessa paira acima da habitação. Existisse tal curiosidade, poderia ser descrita como uma fumaça fria. Aquela sombra prolonga a noite em torno da morada, enquanto a alguns passos dali o dia já nasceu. Mãe e filho olham. Rompendo o silêncio, Musima balbucia:

— Você acha que se trata de uma manifestação da dor que sentem?

Ela dá de ombros:

— Se quisermos ficar com o coração tranquilo, é preciso interrogá-las. E devemos agir antes que Mutango se aproveite disso como uma oportunidade para virar o mundo pelo avesso.

Trocam outro olhar. Será preciso ir observar a coisa de mais perto? A massa fuliginosa parece ter-se imobilizado acima da casa, mas poderia muito bem derreter sobre qualquer um desejoso de examiná-la. Hesitam. Ao cabo de alguns instantes, Ebeise decide se encaminhar para o lugar no qual estão alojadas aquelas cujos filhos não foram mais vistos. É então que uma silhueta se desenha ao longe, surgindo de trás da habitação. O olhar penetrante da matrona lhe permite reconhecer o adiposo Mutango.

— Ai — faz ela, irritada, — o barrigudo já sabe. Talvez tenha até mesmo alguma coisa a ver com aquilo. Seja como for, ele não deve vê-las antes de nós. Filho, assuma sua responsabilidade. Na ausência do seu pai, é você o mestre dos mistérios.

Musima avança na direção do mais velho com o máximo de autoridade possível, tentando disciplinar o tremor das pernas. Não se sente pronto para assumir aquele papel, que não é legítimo enquanto o pai não lhe aparecer pelo menos em sonho. Enquanto seu espírito não baixar sobre ele para legar seu saber, antes de ganhar o outro mundo. O que fazer, tendo chegado à soleira daquela casa? O que perguntar? Para se tranquilizar, acaricia o talismã que traz no pescoço desde sempre, um objeto que o próprio pai moldou e energizou, com o auxílio dos ancestrais. A mãe o acompanha, de perto. Estão ainda a uma boa distância do lugar quando o notável levanta a cabeça e os vê. Mutango sabe que não deve esboçar mais nenhum gesto. Sobretudo, não ir embora. Ebeise não hesitará em reunir o Conselho para responsabilizá-lo por tudo. Espera. Não parece se preocupar com a escuridão que, no entanto, mascara a visão do céu.

    A parteira para no ponto exato em que o dia encontra a noite. Seu filho faz o mesmo. Nenhum dos dois tem pressa de se reunir ao notável que a encara. Avaliam-se por algum tempo, sem nada dizer. Depois, virando-se para o filho, a mulher murmura:

— Faça-as sair. Não entre na casa. Chame por elas.

    A casa na qual estão as mulheres fica bem distante da maioria das habitações. O homem pode se permitir levantar a voz. Convoca aquelas que residem debaixo daquele teto, repete como numa litania a sequência de seus nomes. Enquanto isso, matrona e dignitário continuam a se observar. Não trocaram os cumprimentos habituais, e pouco se importam. Sua atitude é a dos pontos cardeais, um só existindo em função do outro, necessários ao equilíbrio de *misipo*, e no entanto compelidos a não se tocar, sob pena de lançar o mundo no caos. Musima recita os nomes daquelas cujos filhos não foram encontrados.

*

Elas não podem ignorar aquele chamado. Todas o escutam. Como não dormem, não se trata de um sonho. Uma delas, Eyabe, sussurra:

— Vocês estão ouvindo?

As outras concordam em surdina.

A que falou continua:

— Não é o caso de responder, mas precisamos saber se há realmente alguém lá fora.

É perigoso atender a um chamado que não se sabe, com certeza, de quem parte. O melhor é ir ver. Nenhuma irá sozinha. Elas se levantam suavemente, reúnem-se no centro do cômodo, interrogam-se quanto à maneira de proceder para que nenhuma fique mais exposta do que as outras.

Eyabe propõe:

— Vamos fechar os olhos, nos comprimir umas contra as outras, caminhar a passos curtos para passar pela porta. Uma vez que estejamos todas do lado de fora, eu darei o sinal. Reabriremos os olhos todas juntas.

Assim, enfrentarão ao mesmo tempo a pessoa ou o espírito que as solicita com tanta insistência.

As dez mulheres se enlaçam. Primeiro duas. Uma terceira se junta a ambas. Depois uma quarta. Até formarem um cacho, como os grãos de *njabi* nos galhos que os suportam. Fecham os olhos, abaixam a cabeça. Não é parte do combinado, mas todas assim decidem, espontaneamente. Os três andares de seus penteados em cascata, multiplicados por dez, formam uma grande corola, cada patamar lembrando uma pétala recurva. Desde que seus filhos não foram encontrados, elas não passam de uma única e mesma pessoa. Todas aureoladas por um mesmo mistério. As antigas rivalidades não fazem mais sentido. Antes, algumas teriam recusado aquele amálgama epidérmico. Agora, a única coisa que lhes importa é não naufragar. Para isso, é preciso seguir o ritmo. Estar, de verdade, com as outras. Desposar seus movimentos. Antecipá-los. Entrar na respiração das outras. Partilhar a inspiração, a expiração. O suor. As secretas reminiscências da noite anterior. Não se apressam.

Prendendo-se umas às outras, elas enfim partilham o que a palavra proíbe, pois as coisas não se devem enunciar. Abraçam-se como quem grita. Como quem seca, na intimidade de uma casa, as lágrimas da amiga que sofre. Pálpebras fechadas, elas se veem, se conhecem, intensamente. Não se apressam. Demoram-se, para prolongar o momento. Não pensaram em vestir a *manjua*. É melhor assim, mesmo que não estejam mais em idade de revelar por inteiro a sua nudez. As esposas e as mães só descobrem o busto. Lá fora, a voz continua a chamá-las. Sobretudo não ajustar àquela melopeia a cadência de seu avanço. É delas mesmas que deve vir a marcação. De quanto tempo precisarão para sair? Sabem que estão do lado de fora quando sentem na pele o sopro leve do vento e a terra que, ao contrário do chão da casa, não foi varrida nem desprovida de suas asperezas. Então, elas param. Eyabe murmura um sinal. Elas gemem em uníssono, em voz baixa.

    As mulheres cujos filhos não foram mais vistos sentem necessidade de se abraçar. De olhos fechados. Em silêncio. Ninguém se preocupa em consolá-las. Preservar-se do mal que as atinge, é o que se espera. Se seus filhos nunca foram encontrados, se o *ngambi* não revela o que lhes aconteceu, não se falará da tristeza das mães. A comunidade esquecerá os dez jovens iniciados, os dois homens em idade madura, evaporados no ar durante o grande incêndio. Do fogo em si, nada mais será dito. Quem aprecia a lembrança das derrotas? O povo sabe, a partir de agora, que não se tratava de um acidente. A aldeia foi atacada. E o poder dos ancestrais, a habilidade dos velhos guerreiros, a agilidade dos jovens bravos, nada puderam impedir. Eyabe murmura o sinal. Elas gemem. Quando reabrem os olhos, a noite desfez os véus com que envolvia a casa. O pássaro da manhã entoa seu canto. O jovem mestre dos mistérios se cala. A matrona e o notável atiram-se, em silêncio, flechas ardentes. Dir-se-ia que tentam se destruir, apenas se observando. Não têm olhos para aquelas que não sabem se devem chorar ou esperar. Elas se apoiam, silenciosas, nuas, soltam-se suavemente umas das outras. Cada uma delas está outra vez sozinha. O sol instala seus raios no céu. Elas nunca sentiram tanto frio.

*

O filho da matrona dirige-se às mulheres:
— Precisamos nos falar.
Não as questiona quanto à estranha maneira pela qual se apresentaram, coladas umas às outras, pálpebras fechadas, cabeça baixa. O homem lhes diz que falarão, uma de cada vez. Como não estão autorizadas a circular pela aldeia, ele ficará ali. Com um gesto, pede aos mais velhos — sua mãe e Mutango — que se retirem. O notável não se move. Musima explica, com calma:

— Na ausência de meu pai, cabe a mim fazer o que faço. Estou pronto.

Não é o que pensa, mas é o que deve dizer. Sua mãe faz que sim com a cabeça, em sinal de aprovação. Os mais velhos lhe dão as costas, afastam-se, cada um para um lado.

O homem faz com que as mulheres se sentem em frente à casa. Elas formam uma fila que ele não pretende perder de vista. Enquanto conversar com uma, cuidará para que as outras não troquem uma só palavra. Cada uma deve contar a sua verdade. Todas aceitam tal princípio. Fazem agora mais de três semanas que vivem assim isoladas. Ninguém ainda foi lhes falar. Ninguém desejou ouvir o que têm no coração, o que cada uma guarda consigo. O decoro proíbe as efusões. Não se deve lamentar o destino de um filho quando se tem a sorte de ter outros, quando ainda se pode pôr crianças no mundo. É insalubre acalentar o próprio sofrimento quando o que conta é o bem-estar, a perenidade do grupo. Sua dor é reconhecida por todos. É esta a razão pela qual aquela morada comum lhes foi designada.

Elas têm o direito de sentir dor. Não o de constranger o clã com toda aquela tristeza, de contaminar as pessoas que vivem todos os dias a seu lado, de agir como se o filho não encontrado representasse tudo. Essas mulheres são como as viúvas, que não são autorizadas a reaparecer diante da sociedade senão ao fim de determinado tempo, depois de se submeterem a rituais às vezes rudes. Elas não são viúvas. Não há palavra que defina sua situação. Seus filhos não foram mais vistos depois do grande incêndio. Ninguém sabe se estão vivos ou mortos.

*

Musima dá início às entrevistas. Improvisa, convence-se de ter escolhido o procedimento adequado. A cada uma delas, faz as mesmas perguntas. Elas respondem, uma de cada vez.

— Mulher, como você deixou a noite? Bem, eu agradeço. Mulher, o que você tem a dizer da sombra?

Todas têm a mesma reação, ao ouvir tal pergunta. Elas o encaram por muito tempo, certas de que ele conhece o teor do sonho que as atormentou. Gaguejam:

— Mwititi...

— Mulher, o que você tem a dizer da sombra?

Nove entre dez mulheres respondem:

— Mwititi é ardilosa. Veio a mim, usando a voz do meu... primogênito. Aquele que não foi encontrado. Eu sei que não era ele.

Calam-se depois dessas declarações. Falaram demais. É difícil pesar as palavras, quando não se tem mais direito à palavra. Deixa-se que transborde. Uma só responde:

— A sombra é tudo o que nos resta. Ela é aquilo em que os dias se transformaram.

É Eyabe quem pronuncia tais palavras. Ela acrescenta:

— E você, homem, o que tem a dizer a respeito de Mwititi? Você acha que basta dez mulheres serem relegadas a um canto da aldeia para que a comunidade não seja atingida?

Eyabe sustenta o olhar perplexo de Musima, levanta-se sem ter sido convidada. Nem uma só vez abaixou a cabeça. Em vez de se juntar às companheiras sentadas em frente à casa, ela se dirige para trás da habitação comum. Quando volta, está lavada, traz uma coroa de folhas nos cabelos, tem o rosto e os ombros untados com caulim. As outras mulheres estremecem ao vê-la. O homem reprime um grito. A argila branca, aplicada sobre o rosto, simboliza a imagem dos defuntos que vêm visitar os vivos. O branco é a cor dos espíritos. Sem dar atenção alguma a quem quer que seja, Eyabe entra agora na casa. Cantarola um lamento, bate palmas suaves.

Logo sai, envolta num *dibato* de cortiça batida. É um traje de aparato, não é como a *manjua*. Eyabe se dirige ao centro da aldeia, avança devagar. Cada passo é uma afirmação. Ela nada tem a se censurar. A princípio, pronuncia as palavras para si mesma. Depois as enuncia em voz alta, sem gritar, e inclui as outras mulheres nesta negativa:

— Nada fizemos de mal. Não engolimos nossos filhos e não merecemos ser tratadas como criminosas. Tratava-se de partir à procura deles. Agora, eles não existem mais. Como os conhecíamos, não mais os veremos...

Sua voz falha, mas ela caminha, bate palmas para marcar o ritmo de seu canto, aproxima-se do primeiro grupo de casas, passa sem parar. Eyabe chega à concessão de sua família. Desde que o Conselho decidiu que aquelas cujos filhos não foram encontrados seriam isoladas, ninguém tentou vê-la.

Alguém a cumprimenta baixinho. Ela ignora, não parece ouvir, contorna sua própria morada. Nos fundos, num pequeno pátio, há árvores. São *makube*[2]. Uma delas foi plantada no dia em que seu filho veio ao mundo. Aquele que não foi mais visto. Aquele do qual não se deve falar. Os mortos são constantemente evocados, no seio daquela comunidade. Os vivos são objeto de incessantes comilanças, às vezes de elogios. A partir do grande incêndio, surgiu uma nova categoria de indivíduos: a dos

---

2 Bananeiras. A mesma palavra é usada para bananas. (N. T.)

que não são nem vivos nem mortos. Ignora-se o que lhes aconteceu. Aceita-se viver sem saber. Eyabe se aninha na *dikube*³ debaixo da qual foi enterrada sua placenta no dia em que deu à luz o primeiro filho, o que acabava de entrar na idade adulta quando lhe foi tomado.

— No lugar em que você está — ela pergunta, — ouvirá o chamado do meu coração? Eu sei que você sofreu. Ontem, você veio ao meu sonho... Perdoe-me por não ter compreendido desde logo. Se você voltar, eu me abrirei e mais uma vez o abrigarei.

Eyabe fala com o filho sem abrir a boca. Os habitantes da concessão a observam, dizem que perdeu a razão, assistem-na esfregar a cabeça na árvore, acariciá-la. A mulher chora. Dá-se esse direito. Quando termina, afasta-se da *dikube*, dá um passo para trás sem deixar de olhá-la. A árvore cai, como se arrancada da terra por mão poderosa. Veem-se as raízes, a escavação que deixaram. Por enquanto, Eyabe é a única a saber que a cratera contém uma planta. Uma flor como jamais a alguém por ali foi dado conhecer. Uma minúscula florzinha que uma criança ofereceria aos olhos de sua mãe, para que ela contemple a beleza das coisas. A beleza, apesar de tudo, porque a dor não pode apagar o que foi vivido, o amor dado e recebido, a alegria compartilhada, a lembrança. A mulher seca as lágrimas, volta a cantar. Agora curvada, executa a dança dos mortos, martela com os pés descalços a terra ocre, até o limiar de sua casa, na qual penetra.

Da habitação, só restam os pilares, a metade do teto, uma parede e meia. Pouco importa. Eyabe não aguardará

---

3 Bananeira, ou banana. (N. T.)

as instruções dos anciãos para retomar a posse do seu espaço, da sua vida. Uma vez lá dentro, apodera-se das nervuras de folhas de *lende*[4] que, amarradas, formam um feixe vegetal. Varre o chão da casa, desenrola a esteira por ela mesma trançada, estende-a no chão. Junto à única parede ainda intacta, aquela à qual havia estado apoiada, potes de argila, dispostos em fila, contêm seus objetos pessoais. Ela separa alguns, coloca-os no chão, até encontrar o que lhe interessa. A fumaça do incêndio cobriu os recipientes de uma fuligem que lhe escurece a palma das mãos. Olhando os dedos sujos, ela murmura:

— Mulher, o que você tem a dizer a respeito da sombra? E no entanto basta abrir os olhos para saber o que pensar...

Num grande pote vazio, Eyabe arruma seu *dibato* feito de casca de *dikube*. Ela o usou para ir saudar o espírito do filho, aquele que não mais verá como o conheceu. Não usará mais aquele traje.

Espiam-na. O interior da casa está, em grande parte, exposto aos olhares. Os habitantes da concessão, portanto seus parentes, se mantêm imóveis, como diante de uma estranha. Às vezes, palavras são trocadas, em voz baixa. Ela se apoia na metade de parede que dá para os restos da casa vizinha, a de Ekezi, sua coesposa, que lhe lança um olhar hostil. Eyabe lhe devolve o afeto dizendo:

— Surpreende-me, minha cara, que você ainda esteja aí a me olhar. O que espera para alertar o Conselho, exigir um julgamento?

Voltando-se para os curiosos aglomerados no pátio, Eyabe declara:

---
4   Silveira ou silva. (N. T.)

— Que ninguém alimente a meu respeito a menor inquietação. Quero dizer — esclarece ela com um leve sorriso — que não me transformei, de repente, numa pessoa má.

A mulher gostaria de se expressar melhor, advogar a causa daquelas cujos primogênitos não foram encontrados. É inútil. Ela vê, ela sente. A família não deseja a sua volta. As mulheres, sozinhas na concessão com os filhos menores, cruzam os braços à frente do corpo, numa atitude defensiva.

Sem compreender, as crianças percebem a tensão que faz pesar a atmosfera. Algumas choram. O medo fez dos olhares domicílio, como se sua presença naquele ambiente bastasse para causar um novo incêndio, para fazer desaparecer outras pessoas. Muxinga, seu esposo, deve estar em algum lugar da aldeia ou fora dela, encarregando-se de alguma missão confiada pelo chefe. Se estivesse ali, seria diferente a sua atitude? Tomaria a sua defesa? A mulher se lembra de que estavam juntos, na noite do grande fogo. Era a vez de Ekesi, mas ele fingiu não se lembrar. Quando ela tentou fazê-lo ouvir a voz do bom senso, ele insistiu:

— Você sabe que eu não a amo. Só me casei com ela para agradar aos meus pais... Precisamos mesmo falar a respeito? É ao seu lado que meu coração descansa.

Aquele grande amor não fez com que o homem a apoiasse. Não fosse assim, ele teria desafiado a proibição, teria ido vê-la na casa comum, por uma vez que fosse. Ele não o fez. Eyabe acaba de tomar uma decisão. Também a ele, nada dirá.

*

O *janea* Mukano, a matrona e seu filho estão sentados debaixo da árvore chamada *buma*[5]. É um colosso de casca grossa e tronco largo, mais antiga do que todos os que povoam aquelas terras. Sua folhagem os protege do sol. Os três aguardam os membros do Conselho. O desaparecimento do Ministro dos Cultos complica a situação. O chefe, que detém parte dos poderes místicos do clã, não está habilitado a substituir o mediador com o oculto. Mukano, pensativo, mastiga uma raiz que tem a virtude de iluminar a mente. Não confessou a ninguém, mas suas entranhas estão saturadas daquelas fibras, de tanto que ele as absorveu desde o grande fogo. Naquela noite, ele e os de sua concessão assistiram, da colina na qual foi construída a chefatura, à repentina combustão da aldeia. Quando puderam ir ao encontro da população, nada mais havia a fazer.

O homem reviu aqueles instantes, viu-se uma vez mais pular da cama ao ouvir os ruídos vindos da aldeia. As chamas. Por toda parte. Os gritos. Correndo à concessão do irmão, Mukano interrompe os folguedos do enorme notável com uma menina tão jovem que se deduz que ela ainda não conhece o próprio sangue. A criança chora, esconde o rosto diante do chefe. Murmura:

— *Sango janea*, eu peço perdão... Ele não me deu escolha...

Ela treme de vergonha. De medo. Ainda que em defesa de seu corpo se tenha tornado culpada de uma transgressão, ela teme a sanção do Conselho. O chefe a encara e percebe então tratar-se de uma das filhas de Mutango. Uma criança nascida dos seus atos e que, jovem ou não, não deve estar ali. Mukano ruge:

---

5 Baobá. (N. T.)

— Você não passa de um animal. Cuidaremos disso depois. Venha depressa, a aldeia está em chamas.

Mukano se dá conta de que, com o grande incêndio, se esqueceu de levar o irmão perante o Conselho. Devido à sua posição, é bastante provável que a assembleia não pronuncie, contra ele, a sentença de expulsão, requerida em tal circunstância. Ainda assim, será preciso puni-lo. A menina deverá testemunhar. Terá coragem? Os guardas de Mutango não falarão. Temem demais seu senhor. As raízes mascadas pelo *janea* devem ser consumidas com moderação. Mas ele não tem, não mais do que seus súditos, a alma em paz. Aliás, perdeu o sono. Aquele incêndio, qualquer que tenha sido a causa, é um presságio sombrio, um anúncio de tormentos para o clã. Às vezes, ele se pergunta de que lhe adianta exercer aquela função. Suas decisões devem ser aprovadas, no mínimo, pela metade dos membros do Conselho.

Desde o incêndio, Mukano não conseguiu fazer passar a única medida para ele importante, ainda mais do que a reconstrução da aldeia. O chefe teria preferido que os guerreiros da comunidade não se limitassem a pesquisar indícios que permitam explicar o acontecido. Seu desejo era enviá-los além dos limites da aldeia, às terras do povo bwele, até os limites do mundo, se necessário. Que tudo fosse tentado para encontrar os desaparecidos. Que os ancestrais, cuja única ambição foi ver prosperar a descendência, não sejam abandonados através daqueles filhos roubados. A despeito da certeza confirmada desde o dia seguinte de que não se tratava de acidente, os membros do Conselho nada quiseram ouvir. O *janea* suspeita que o irmão lhes tenha enchido a cabeça com ideias místicas, quando é evidente que aquilo foi obra de homens. Homens aos quais interessa sancionar o crime. Desde sua fundação, a divisa do clã afirma: *Eu sou porque nós somos*. Pela primeira vez, Mukano tem a sensação de tê-la pisoteado ao não conseguir impor sua vontade. Para ele, não tentar o impossível para encontrar os desaparecidos equivale a entregar ao nada um pedaço de si mesmo.

Três semanas se passaram. Hoje, é para ele maior do que nunca a necessidade de consumir aquela raiz dita da clarividência. Sua intenção é não levar em consideração a covardia do Conselho e pegar a estrada com os homens de sua guarda pessoal. Assim, não será censurado por envolver os guerreiros, que estão a serviço de todos, numa missão perigosa. Sim, ele percorrerá a pé os caminhos, fará tudo o que está em seu poder para trazer de volta os filhos perdidos. O *janea* engole o suco amargo das raízes. Cospe as fibras não longe dali. Observa o vento cobri-las com uma poeira avermelhada. Seus dois companheiros, silenciosos como pedras, exibem a expressão lúgubre dos que teriam se deparado, mal despertos pela manhã, com a sombra de um gênio mau que acaba de realizar suas obras abjetas. Mukano começa a se cansar da espera. Quando se dispõe a abrir a sessão, a despeito da ausência dos membros do Conselho, eis que chegam.

Os velhos não têm pressa. Fica evidente o fato de se terem reunido antes de se apresentar diante dele, pois aparecem todos juntos. Apenas Mutango não responde à convocação, o que não é surpreendente. O chefe sente que pode ter cometido um erro não recolhendo, antes da chegada dos anciãos, as informações que a matrona e seu filho desejam levar ao conhecimento dos notáveis. Depois de todos aqueles anos, ele continua a imaginar que a retidão e a honestidade são valores superiores. A astúcia não é o seu terreno. Ele não se permite qualquer falta de moral, não pratica a dissimulação. A tal atitude ele deve não ter sido ainda destituído, a despeito das incessantes maquinações do irmão. Não há nele nada que possa ser censurado. Após as saudações de praxe, a sessão é aberta. Mukano toma a palavra:

— Eu os convoquei, irmãos, porque Musima e sua mãe têm algo a nos dizer. Vocês já imaginam, o caso diz respeito às dez cujos filhos não foram encontrados.

Voltando-se para o neófito Ministro dos Cultos, o chefe conclui:

— Nós ouvimos.

Musima tem a garganta seca. O som que escapa de seu peito oprimido pela angústia não passa de um débil fio de voz. Ele fala do espesso véu que obscurecia a claridade do dia nascente. Os membros do Conselho estremecem ao ouvir que o fenômeno só se produzia acima da casa comum. Foi, portanto, necessário interrogar suas ocupantes. A todas, ele fez esta pergunta: *Mulher, o que você tem a dizer da sombra?* Nove a cada dez lhe deram a mesma resposta. Apenas Ebeise, a última interrogada, respondeu de outra maneira, ousando perguntar o que ele, pessoalmente, teria a dizer a respeito de Mwititi. Mukano insiste para que ele exponha em detalhes o que disseram as mulheres. O novo Ministro dos Cultos obedece e retoma, palavra por palavra, as frases ouvidas. O Conselho permanece em silêncio. O caso é misterioso. Ebeise aproveita o constrangimento dos homens para se manifestar:

— Penso — ela declara — que não nos devemos fiar às aparências ou nos apressarmos a incriminar Eyabe, pelo fato de que ela foi a única a proferir observações pessoais.

A parteira sabe como se passam as coisas quando os membros do Conselho não fazem ideia das soluções a apresentar. Optam pelo mais simples. Ora, a experiência demonstra que a verdade é sempre mais complexa do que parece.

Para ela, "nenhuma daquelas cujos filhos não foram encontrados é culpada de qualquer abuso". Ela escolhe as palavras com cuidado, na esperança de que os notáveis não pronunciem sua sentença com leviandade. Um deles responde:

— Mulher, é normal que você tome partido e se manifeste a favor de suas irmãs, mas sua empatia não bastará para nos convencer. O que você nos diz, por si mesma, do halo de escuridão que cercava a casa comum?

Ele chama sua atenção para o fato de que, sem seus sensatos conselhos, aquelas dez mulheres teriam voltado às suas concessões familiares depois do grande incêndio.

— Você fez bem ao nos convidar para afastá-las, uma vez que os acontecimentos provam que elas eram, efetivamente, portadoras de energias nefastas.

A anciã não sabe o que dizer a respeito do véu tenebroso que viu ao nascer do dia. Sua intuição, entretanto, a aconselha a tudo fazer para evitar que as mães entristecidas não sejam acusadas de feitiçaria e banidas do clã. Tal é a sentença quando nem o coração nem a razão encontram maneiras de se tranquilizar. À pessoa expulsa é entregue uma penca de *makube* e um odre contendo algo para beber. Em silêncio, um gesto é feito, indicando que deve deixar o local. Ir para o mais longe possível das terras do clã. É o procedimento. Que não é aplicado desde tempos imemoriais. Assim não fosse, já teriam se livrado de Mutango. A matrona sente um arrepio percorrê-la, com o pensamento de que aquelas cujos filhos não foram encontrados possam ser intimadas a irem se perder no matagal, depois do matagal, lá onde ninguém jamais esteve. Não permitirá que aconteça.

A voz da anciã soa cheia de autoridade:

— A coisa é simples. Elas pensam tanto em seus filhos que lhes pareceu vê-los em sonhos. Ora, a dor é a tal ponto intensa que o sonho se fez nebuloso. É assim que eu explico aquela sombra. Afinal de contas — ela acrescenta, — nós ignoramos de que maneira nossos pensamentos se materializam quando dormimos. Vimos isso hoje, pela primeira vez, porque aquelas mulheres estão todas reunidas num mesmo lugar e porque a situação geral da aldeia é inédita.

Ela se cala. O chefe balança a cabeça, expressão pensativa, indaga quais as recomendações de Musima. Limpando a garganta, o filho da matrona se esforça para mobilizar sua língua árida. É num só fôlego que propõe um ritual de purificação para as nove mulheres que deram a mesma resposta à sua pergunta. Sem levantar os olhos para a mãe cujo corpo sente tensionar a seu lado, afirma:

— Sinto muito, iyo, não compartilho da sua opinião, em relação a Eyabe. Sua atitude me perturbou muito...

— Estamos todos incomodados — lança a parteira, mais veemente do que pretendia. — Doze homens da aldeia desapareceram depois de um ataque. Nós sofremos. Exatamente por isso, não devemos nos deixar cegar por nossas emoções. Cada um de nós, aqui presente, conhece o temperamento de Eyabe. Trata-se de uma mulher especial, que poucas vezes define seus passos pelos dos outros. Vamos condená-la por isso? É chegado o momento de nos recordarmos dos princípios que nos governam desde sempre, de zelarmos uns pelos outros em vez de buscarmos, entre nós, os culpados pelo drama.

Depois dessa longa tirada, Ebeise tenta se acalmar, lembra a todos os perigos da injustiça conscientemente cometida.

— Não foi nossa filha quem acendeu o braseiro devido ao qual tantos aldeões estão hoje privados de teto. Deveríamos nos ocupar dos que fizeram aquilo, em vez de evocar não sei quais rituais de purificação. A dor das mães não é uma mancha de sujeira. Ela é nobre, sobretudo no seio de nosso povo, pois é a maternidade que confere às mulheres uma condição honorável. Nossos homens se felicitam ao desposar uma mulher que já deu à luz. Assim, eles têm a garantia de sua fertilidade... Se eu pedi que nossas irmãs, nossas filhas, não fossem de imediato autorizadas a voltar a suas concessões familiares, foi também devido ao choque pelo qual passaram. Por respeito. Não teria sido possível exigir que elas partilhassem o leito de seus maridos, discutissem com as coesposas, cuidassem das outras crianças de suas famílias, naquele momento em que acabávamos de tomar conhecimento de que seus primogênitos lhes haviam sido arrancados. Naquela casa comunal, elas podem se recolher. Dizer umas às outras coisas que apenas elas compreendem. Espero — murmura a matrona, — que conversem entre si. A sombra é também a forma que podem assumir nossos silêncios.

As últimas palavras, Ebeise guarda para si mesma. Ecoam em sua mente, como se abrigassem uma mensagem secreta. Sim, Mwititi é a forma assumida pelos silêncios. Isso é verdade, ao menos para quatro membros do Conselho. Desde o início, não abriram a boca. É quase impossível ouvi-los respirar. Depois de se terem reunido, ao raiar do dia, na casa de Mutango, pensavam revê-lo ali, debaixo do *buma*. Saindo de lá, foram buscar um quinto homem, antes de se dirigirem para o ponto de encontro. A voz do gordo notável faz falta naquelas negociações. Nenhum deles ousa pronunciar as palavras que ele teria dito: *Apenas um julgamento nos dirá se as mulheres cujos filhos não foram encontrados chamaram ou não a sombra.*

Os debates do Conselho encaminham-se para um impasse. A matrona, de repente, se sente muito velha. Desde o incêndio, não dedicou tempo algum às próprias inquietações relacionadas ao destino do marido. Ebeise está cansada de ser uma rocha. Prepara-se para pedir permissão para deixar a sessão quando aparece um rapazinho. Portador de uma mensagem que se recusou a comunicar aos homens da guarda, o menino anuncia que aquela que se chama Eyabe voltou à sua concessão familiar. A voz do *janea* se faz ouvir. É à matrona que ele se dirige:

— Mulher, traga-a até mim, desejo lhe falar.

Com um gesto da mão, faz com que se aproxime um dos servidores que se mantêm sempre à sua disposição e sussurra a ordem de ir buscar Musinga, seu melhor detetive:

— Diga-lhe que quero saber onde está meu irmão. Que ele venha aqui me fazer um relatório.

*

Diante da casa comum, aquelas cujos filhos não foram encontrados travam uma grande discussão. O comportamento de Eyabe suscita questionamentos. Como ela, algumas gostariam de voltar a seus domicílios. Não será permanecendo enclausuradas naquela habitação que terão chances de rever seus rapazes. A matrona, que em geral se encarrega de lhes transmitir os debates do Conselho, não se aproximou. Quando muito ficou lá, no dia de sua instalação na casa comum, para informá-las das regras a serem observadas:

— Vocês irão buscar água a cada dois dias, como sempre fizemos, mas, para isso, vão esperar que suas irmãs da aldeia tenham voltado da fonte. Vocês tirarão seu alimento do campo que se estende aos fundos de sua casa. Vocês cultivarão aquela terra, como fazem todas as mulheres de nossa comunidade. Durante sua estada aqui, vocês não receberão carne. Tudo o que necessitam está aqui... Uma das coesposas reuniu tecidos e fibras com as quais vocês farão suas roupas e suas esteiras.

A anciã tomou o cuidado, ao lhes dirigir tais palavras, de se colocar a uma boa distância, como teria feito com desconhecidas encontradas por acaso ao dobrar uma esquina. Enquanto a vida do clã retoma seu curso normal, aquelas cujos filhos não foram encontrados ignoram o que se pretende fazer para saber o que aconteceu com seus primogênitos. Agora, que na verdade conversam pela primeira vez desde o grande incêndio, seus olhares ousam se voltar para a aldeia que até então se proibiam de contemplar, mesmo de longe. Nos dias que se seguiram ao fogo, quando foi decidido que seriam isoladas, foram levadas a pensar que haviam merecido aquela sanção. O desaparecimento de seus filhos não podia ser uma coincidência. Era preciso que fossem tornadas culpadas de alguma coisa, mesmo sem saber do quê.

Não lhes foi explicado que a casa comum deveria abrigar sua tristeza até que houvesse a garantia de que a dor, então domada, não se transmitiria às famílias. Ninguém propôs às mulheres cujos filhos não foram encontrados que cantassem ou dançassem seu sofrimento, a fim de melhor superá-lo. E no entanto é essa a tradição local. Ninguém lhes disse se poderiam chorar. As lágrimas são reservadas àqueles cujos corpos foram vistos sem vida. Só lhes deixaram o silêncio e a solidão. Só lhes deixaram aquela ausência à qual não podem ser dirigidas as palavras do luto, aquelas palavras que falam da aceitação antes de abrir a passagem para o outro mundo.

— Nyambe é o único senhor destas coisas. Eu não tenho poder algum. Filho, que sua travessia seja tranquila. Filho, que você seja guiado pelos ancestrais, eles que conhecem todos os seus nomes, todos os seus rostos.

O silêncio. A solidão. A ausência. Como um estrangulamento. Elas não souberam o que fazer, como se livrar, contentaram-se em ver passarem as mulheres do clã, quando as últimas se dirigiam à fonte, escoltadas por guerreiros. Depois iam, também elas, apanhar água. Ninguém as acompanhava. Em momento algum, em tais saídas, passou-lhes pela cabeça a ideia de fugir. Para onde iriam? Não compete às mulheres percorrer os caminhos. As mulheres encarnam a permanência das coisas. São o pilar que sustenta a casa. Hoje, elas se falam, dizem do aperto no coração ao verem passar, sem uma palavra, suas amigas, suas irmãs, a caminho da nascente. Ninguém sente a sua falta. A vida se organiza, continua sem elas. Seus filhos têm outras mães. Seus homens, outras companheiras para abraçar. Aquelas cujos filhos não foram encontrados sabem que não serão sustentadas se, por conta própria, voltarem ao teto familiar.

O sol vai alto no céu. O tempo passou sem que percebessem. Nada comeram desde a cantilena que as fez sair da casa. Não têm fome. Se calam. Cada uma mergulha em si mesma, lá onde a sombra deixou sua marca. Lá onde a voz ouvida em sonhos continua a ecoar. Uma delas, Ebusi, rompe o silêncio:

— Vou ao encontro de Eyabe — anuncia. — E, se tiver coragem, vou ficar com a minha família.

Aquelas cujos filhos não foram encontrados são, agora, como um tecido se desfiando aos poucos. Sua solidariedade era apenas aparente. Cada uma delas luta com seus pensamentos, suas emoções. Cada uma delas mantém, com o filho desaparecido, uma relação única, enraizada nas circunstâncias de seu nascimento. O comportamento da mãe difere, conforme tenha a criança nascido da violência ou do amor, conforme tenha visto o dia depois de ter estrangulado seu gêmeo no ventre da mãe ou tenha sido preciso sacrificar galos antes de mostrá-la às almas dos ancestrais porque ela não havia chorado ou se apresentara sentada. Ainda assim, estão todas ali. Nuas, desamparadas. Quer esperem a volta do filho amado ou vejam, no desaparecimento da prole malnascida, a mão da justiça imanente.

As que teriam aberto a porta ao filho se preservaram de fazê-lo porque a escuridão lhe velava o rosto. Não tinham certeza de que se tratasse mesmo dele. De qualquer maneira, as outras não lhe teriam permitido alojar-se de novo em suas entranhas. Assim, todas fizeram o mesmo gesto, a de levar os joelhos ao peito e passar os braços por entre as pernas, a fim de condenar o acesso. No ponto em que estão, por que não abordar também esse assunto? Ebusi não se questiona por muito tempo. Ao se levantar para ir visitar Eyabe, ela diz:

— Na noite de ontem, tive um sonho. Alguém veio me ver. Tudo estava tão escuro que não consegui ver seu rosto. Entretanto, tenho certeza de ter reconhecido a voz do meu primogênito. Ele queria alguma coisa. Não entendi. Ele parecia tão fraco...

Ebusi expõe seu sentimento. Saiu da noite com um tremor. Sua intuição lhe dizia que o filho havia vivido angústias inimagináveis. Seria falta de discernimento por parte dela?

— Talvez o meu rapaz — ela concluiu, dirigindo-se aos fundos da casa —já tenha deixado esta vida, não posso afirmar. Tudo o que me resta a fazer é pedir aos antepassados que o protejam.

Sem se preocupar com a reação das companheiras, desaparece atrás da habitação. As outras apuram os ouvidos. Ruídos de água chegam até elas. A mulher se prepara. Irá aparecer, como Eyabe, com o rosto coberto de argila branca? Tremem ao imaginar.

*

Ebeise se desloca com dificuldade. O peso das apreensões reduz o ritmo de seus passos. A parteira se pergunta se teria tomado boas decisões e se comportado bem em relação àquelas cujos filhos não foram encontrados. A dúvida a assalta. Afinal, não vai à casa de Eyabe. Precisa conversar com alguém. Só tem uma amiga, censura-se por não ter ido mais cedo pedir a opinião da única pessoa que pode compreendê-la. A única outra mulher a ter assento no Conselho dos anciãos. Aquela cujo marido, como o seu, desapareceu depois do grande fogo. As duas se conhecem desde sempre. Desde que a matrona se entende por gente, aquela mulher faz parte da sua vida. Foram iniciadas ao mesmo tempo. Casaram-se no mesmo ano. Trouxeram ao mundo os primeiros filhos com alguns dias de intervalo.

Caminhando, Ebeise olha em volta. A terra, em geral vermelha, ainda revela algumas estrias negras. Em vão as mulheres varreram durante três semanas seguidas, a marca da desgraça não foi apagada. Algumas casas foram reconstruídas, mas cada concessão familiar é composta de cinco ou seis. Não há cercas em torno das casas. Junto à porta, uma escavação que confere ares de gruta à moradia do clã, foi colocado um pilar de madeira esculpida, representando o totem da família. Ao lado dos lares sendo reconstruídos não há totem, nenhuma proteção. A anciã suspira, contemplando tamanha desolação. É impensável que algo semelhante tenha acontecido. E no entanto ali está. Quando não foram queimadas, as casas de terra, cobertas por um telhado de folhas de *lende*, estão manchadas por longas listras escuras. Ficou decidido que não seriam mais construídas tão perto umas das outras. Isso propiciou a propagação do fogo: bastou queimar o telhado de uma casa para que o seguinte se inflamasse no mesmo instante.

Enfim, não chove. Os aldeões podem, ainda por algum tempo, se permitir dormir sob as estrelas. Aquele ataque não poderia ter acontecido durante a estação das chuvas. Nesse período, os mulongo ficam isolados. As vias que levam aos bwele são dificilmente praticáveis, o comércio diminui entre as duas comunidades. A parteira ouviu falar de outras populações, mas não as conhece. Seria preciso, sem dúvida, percorrer longas distâncias pelo coração da selva a fim de chegar aos territórios desses clãs desconhecidos. A ela, jamais foi dada a oportunidade de fazer tal viagem, de descobrir os estrangeiros que talvez tenham incendiado a aldeia. Para Ebeise, como para todo mulongo hoje vivo, o mundo se limita às terras do seu povo e às dos bwele. Ela só viu esses últimos uma vez, há muito tempo.

Sua melhor amiga e ela, ambas recém-iniciadas, tiveram anseios de aventura. Ainda hoje as duas acreditam que, sobre as mulheres, pesam proibições demais, sob o pretexto de terem sido dotadas de imensos privilégios: dar à luz, transmitir o poder de reinar. Não podem percorrer os caminhos. O conhecimento do mundo não lhes é permitido. Por ocasião de sua iniciação, entretanto, as mais velhas contavam a história do clã, evocando com entusiasmo a rainha Emene, que conduzira seus súditos até o território atual, preservando-os assim de massacres. A princesa havia sido designada por seu pai, o rei, para sucedê-lo. De onde vinha, o trono passava ao primogênito do soberano, fosse qual fosse o sexo. Para que um pretendente fosse afastado, era preciso que tivesse dado provas de sua incompetência, ou sido considerado culpado de infâmias. Emene era irrepreensível. Assim, antes de passar deste mundo ao outro, foi a ela que o rei transmitiu o bastão da autoridade.

Seu irmão, que se chamava Muduru, não concordava com o estabelecido. Tendo dedicado muito tempo ao preparo do seu golpe, cuidara de garantir a fidelidade de grande número de notáveis, aos quais prometera mundos e fundos caso se posicionassem a seu favor. E foi assim que, nos primeiros dias de seu reinado, Emene viu seu povo dividido, as pessoas prestes a matarem umas às outras. Jamais as disputas haviam chegado àquele ponto. Os enfrentamentos, no seio daquela comunidade, consistiam em rituais desprovidos de violência física. Tratavam-se de desafios verbais, lutas dançadas, jogos de habilidade intelectual. As armas, utilizadas na caça, não passavam, no resto do tempo, de objetos de enfeite, símbolos de poder. Eis, porém, que Muduru e seus acólitos ameaçavam tirar vidas humanas. Os que permaneceram fiéis à jovem rainha, por conhecerem seu valor e respeitarem a palavra de seu pai além da morte, eram tão numerosos quanto os outros.

No início, a soberana preferira evitar até mesmo o pensamento de uma capitulação. O bastão de comando merecia ser defendido, para que não acabasse nas mãos erradas. Se Muduru queria guerra, ele a teria, ela estava pronta, já havia dado inúmeras provas de sua habilidade na caça e em outros domínios. A morte não a assustava. Era o prolongamento da vida. Uma simples alteração na vibração dos seres. Quando ela se preparava para o combate, o espírito do rei, seu pai, fez com que decidisse proceder de outra maneira. Uma noite, ele foi visitá-la, para fazê-la recordar a tradição em caso de conflito grave: em vez de derramar sangue, um dos dois beligerantes deveria deixar o país. Era impossível esperar prosperar ou construir algo de sólido, se para tanto fosse preciso andar sobre os cadáveres dos seus. Assim começou o êxodo.

E a nação se viu então dividida, tendo os partidários da rainha optado por segui-la. Caminharam. Muito. Quem quer que desejasse saber o que são a esperança e a fé na existência só precisava ter em mente a marcha de Emene conduzindo seu povo. Os mais velhos que contavam essa história não eram capazes de avaliar a distância percorrida, conseguindo apenas nomear os pontos cardeais para exprimir a imensidão do espaço que havia sido preciso colocar entre os partidários do príncipe e os de sua irmã. Assim diziam:

— Eles andaram, andaram, andaram. De *pongo* a *mikondo*, onde estamos hoje. Andaram, minhas filhas, eu lhes digo, até que a planta de seus pés desposasse a terra. Até que se tornou impossível dar um passo a mais. A matrona se lembrava como se fosse ontem. Espremidas umas contra as outras na casa onde haviam sido reunidas as meninas da sua faixa etária, sua amiga e ela ouviam, ávidas de detalhes a respeito da rainha Emene. Uma de cada vez e depois em coro, perguntavam:

— Então, nosso povo vem do *pongo*? Mas qual era o nome do país antigo? E por que para *mikondo*? É, por que não para *jedu* ou *mbenge*? Ah, e nossa tia pode nos dizer se eles encontraram outras pessoas durante a viagem? Então não havia uma alma viva, nesse caminho tão longo,? E os bwele, que hoje são nossos vizinhos, como chegaram até aqui? Qual é a história da migração deles? Onde acaba o território deles, que dizem ser tão grande?

Algumas daquelas perguntas tinham respostas. A maioria não tinha. Oficialmente. As novas iniciadas, que eram então Ebeise e sua amiga, sua mais-que-irmã, puseram-se a sonhar com a valorosa fundadora do seu clã. A situação das mulheres foi alterada no seio da comunidade quando Sua Majestade Emene mudou-se para o país dos mortos. Seu primogênito, um rapaz batizado como Mulongo, decretou, ao receber o bastão de comando, que o tamborete e o bastão de autoridade se transmitiriam de mãe para filho. Os homens poderiam tomar diversas esposas, caso assim desejassem.

Não mais se pronuncia o nome daquela rainha do passado fora dos ensinamentos transmitidos às meninas quando de sua iniciação. Ainda que um relicário tenha sido esculpido para honrá-la, ela não é mais reverenciada. A estátua, fixada na cavidade que contém seus restos, não é ungida com amor, com respeito. Seu espírito raramente recebe oferendas. Apenas as mulheres consideradas possuídas por uma força viril invocam em segredo a soberana esquecida, quando precisam enfrentar alguma dificuldade. Elas chamam:

— Emene, você que caminhou de *pongo* a *mikondo* para dar aos seus uma terra, me ajude...

Uma vez, em seus dias de juventude, quando se dedicavam a colher ervas na savana, Ebeise e sua amiga Eleke avistaram um grupo de homens do clã a caminho das terras do povo bwele. Elas os seguiram, escondendo-se atrás dos arbustos e das grandes árvores, prendendo a respiração. Quando eles pararam para passar a noite, elas fizeram o mesmo.

As adolescentes só foram descobertas no dia seguinte, às primeiras luzes da aurora, quando o comboio chegava ao seu destino. Foi-lhes prometido um castigo, mas elas tinham conseguido ver uma parte de Bekombo, a capital do país bwele. Casas espaçosas, cuja forma não era circular como na sua terra e que não eram cobertas por folhas. O telhado daquelas construções era feito de terra. Portas em madeira trabalhada fechavam o acesso às moradas. Na fachada dos muros, pelo lado de fora, cada família havia pintado ornamentos representando o totem da casa familiar, formas que enunciavam uma mensagem ou relatavam um acontecimento importante. As mulheres bwele desenhavam aquelas figuras, com a ajuda de pedaços de rochas mergulhados em argila branca, numa decocção de plantas que produzia uma pintura em tons escuros.

Cada habitação dispunha de um celeiro anexo, quando, no país mulongo, só havia um para cada três ou quatro famílias alojadas numa mesma concessão. As jovens aventureiras haviam recebido ordens de permanecer à entrada da grande cidade bwele enquanto os homens cuidavam do comércio. Mas ainda assim viram tais coisas e observaram, hipnotizadas, as negociações entre os homens de seu clã e as mulheres bwele. Além delas, nenhuma outra moça da comunidade havia caminhado até lá. Quando contaram o que tinham visto, suas irmãs as acusaram de exagerar para se fazerem interessantes. Foram punidas com vários dias de trabalhos domésticos a serviço dos rapazes de sua faixa etária, escapando aos castigos corporais graças à origem nobre de Eleke. A anciã sorria, ao relembrar aquela época.

Ela dá início, a passos curtos, à subida da colina onde reside a amiga. Parece-lhe que a caminhada dura uma eternidade. Ao seu redor, a paisagem se metamorfoseia. Ali, nada de casas queimadas. Árvores frondosas estendem seus galhos acima das habitações mais imponentes do que as das pessoas comuns. Os membros da família regente não foram atingidos. Seus totens estão bem colocados, erguem-se orgulhosos para o céu. À medida que escala, Ebeise sente uma espécie de queimação nas coxas e pontadas nas panturrilhas. Falta-lhe o folego. Um fio de suor escorre por entre as omoplatas. Logo ela para em frente de uma concessão vizinha à do chefe. Guardas, exibindo na cabeça um adorno de fibras vegetais que lembra a crina do leão, estão postados no caminho pelo qual se penetra no recinto. Ao reconhecê-la, abaixam a cabeça e se separam, cumprimentando:

— Nossa tia, como deixou a noite?

A mulher responde com um aceno de cabeça.

Detendo-se agora diante de uma casa, a anciã exclama:

— Eleke, ooo... É sua irmã que vem visitá-la. Perdoe-me, demorei a vir. Posso entrar? Uma moça aparece no mesmo instante, abaixa os olhos, cumprimenta-a. Sim, ela pode penetrar na habitação. Sua amiga a espera há muito tempo, mas não a recrimina. A parteira atravessa a porta de uma peça única, circular. Como em todas as casas ocupadas por mulheres, potes contendo os pertences pessoais empilham-se ao longo das paredes laterais. A comida é preparada do lado de fora, mas os utensílios de cozinha, cabaças, almofarizes e pilões, são guardados no interior. Uma pequena tigela de barro contém uma resina perfumada que derrete lentamente sob o efeito de brasas. Trata-se de cascas de árvores conhecidas por purificar a atmosfera. Eleke está deitada na esteira, febril, incapaz de deixar o leito. Uma de suas noras cuida dela. É a jovem que foi acolher a visitante.

A matrona sente rangerem todas as suas articulações, ao se agachar para se sentar perto da esteira. Passando com carinho a mão na testa da amiga, ela murmura:

— Eleke, então este mal não quer abandoná-la? Se Mundene estivesse aqui, há muito tempo já a teria curado...

Depois de pronunciar essas palavras, Ebeise se cala. O formigamento que sobe às suas pálpebras indica a iminência de uma crise de lágrimas. Com a voz um pouco rouca, a doente se dirige à nora:

— Vá me preparar um pouco de *bopolopolo*[6], você sabe que devo consumi-la com regularidade. Passe também na casa da sua tia Elokan. Pergunte se ela ainda tem *akene*[7] em reserva...

---
6 Árvore da família da genciana, com propriedades depurativas e diuréticas. (N. T.)
7 Aquênio. (N. T.)

A jovem compreende, deixa as mais velhas. Logo após sua partida, a parteira deixa correrem as lágrimas. A amiga segura sua mão:

— Filha de Emene, o que houve com a sua força?

— Ah, minha irmã — responde a matrona, — a energia de nossa mãe já me abandonou há tempos. Eu questiono minhas decisões. E, além disso, há o desaparecimento do meu esposo. Ele não se manifestou, nem a mim, nem ao nosso filho mais velho. Isso não é normal. Eu estou com medo...

Somente Eleke pode ouvir a parteira pronunciar tais palavras. Apenas diante daquela mulher a anciã se autoriza a ser uma pessoa comum, tomada pela angústia, pelo temor de falhar.

— Ebeise — diz a doente, num sopro, — você tem motivos para ter medo. Algo de grave aconteceu...

De mãos dadas com a amiga, aos poucos Ebeise se acalma. Tudo lhe parece mais claro. Em relação àquelas cujos filhos não foram encontrados, deveria ter tomado outra atitude. Com humildade, ela descreve os acontecimentos das últimas semanas. A doente suspira:

— Não se recrimine tanto. Não é simples fazer o melhor quando só se pode contar consigo mesma. Nós sabemos que, quando a situação é grave, de nada nos serve aquele bando de velhos vigaristas. Eu é que devo lamentar não ter podido estar a seu lado...

Eleke explica a natureza da febre que a acometeu no dia seguinte ao incêndio. Não se trata de doença comum, que se cura ingerindo *bopolopolo* para limpar o sangue. Na condição de curandeira oficial do clã, ela teria se recuperado com facilidade de uma simples enfermidade. Precisaria consultar o guia espiritual, mas ele está ausente. Eleke luta com visões que a acometem, desde o desaparecimento dos doze homens do clã. Um deles, Mutimbo, é o seu homem. É aquele com quem se casou porque seu coração o havia escolhido. Aquele que, para se unir a ela, aceitou não tomar qualquer outra mulher.

Não sendo de origem nobre como Eleke, ele não teria podido oferecer dotes válidos às mulheres de alta posição que precisaria desposar caso optasse pela poligamia. Não era concebível desqualificar uma moça oriunda de uma linhagem de prestígio dando-lhe coesposas de nível social inferior. Quando se casaram, Mutimbo deixou sua concessão familiar para se instalar na colina em que residia sua eleita. Suportou, por parte dos parentes da esposa, os insultos e humilhações que em geral enfrentam os recém-casados. Assim é o homem que hoje faz falta a Eleke. No dia seguinte ao grande incêndio, ela se deu conta de que ele não estava em casa. O que havia acontecido quando começou o fogo? Para que lado se dirigira Mutimbo? Por que ela o imagina ferido? Eleke ignora. Tudo o que sabe é que ele está ausente há três semanas, e que palavras sem rosto vêm visitá-la. Todos imaginam que a velha delira. E no entanto tudo o que ela faz é repetir, em voz baixa, no tremor dos lábios ressecados pela febre, as frases cujo enunciador não tem corpo. São, muitas vezes, palavras sem pé nem cabeça. A mulher as devolve tal como lhe são entregues, nem sempre as ouve com clareza. Nesses momentos, ela geme, reclama, exige saber o que aconteceu com seu homem, seu amado.

Depois de decifrar as mensagens, ela afirma que os bwele sabem a resposta às perguntas que se fazem os mulongo. Sabem o que aconteceu com os que não foram encontrados. A voz que lhe chega, embora um pouco abafada, repete sem cessar:

— É chegada a hora — ela declara, — em que nosso chefe deve se apresentar pessoalmente à rainha de nossos vizinhos. Chame-o de lado para avisá-lo. Não confio nos cúmplices do irmão.

No que diz respeito às mulheres instaladas na casa comum, Eleke pensa que a matrona compreendeu seu erro. Não lhe será fácil repará-lo, mas ela pode ganhar tempo.

— Não as abandone. Insista para que uma delegação seja enviada à terra dos bwele, antes que seja selado o destino de nossas filhas. Não é admissível que sejam submetidas a um ritual de purificação, porque não há nada que precisem lavar. Outra medida deverá ser tomada. Aja depressa. Depois desses dias de solidão, elas começaram a vacilar. A discórdia se instalará no grupo.

Eleke tosse. Um acesso tão seco, e tão longo que a sacode com tanta violência que a amiga precisa ampará-la com as duas mãos para que seu corpo não comece a rolar pelo chão do quarto. O corpo de Eleke está ardente, ela tem os lábios rachados, o fundo do olho amarelo, não parece se alimentar direito. Queixa-se de uma dor atroz na virilha, mas não se sabe como tratá-la, uma vez que não há ferimento, nem o menor arranhão. As duas anciãs permanecem juntas por mais alguns instantes, mas a matrona tem muito o que fazer. O chefe deseja ver Eyabe. Ela irá buscar a mulher, aproveitará para transmitir ao *janea* as palavras da amiga. Depois, será preciso ir ao encontro daquelas cujos filhos não foram encontrados. Aquele dia não lhe daria descanso. Ela nada comeu ou bebeu, nem mesmo alguns goles d'água. Quando se prepara para se despedir, Eleke lhe aperta a mão:

— Espere. Espere... Eu não sou a única a ouvir coisas, desde o incêndio.

Não lhe é possível dizer que mensagens as outras receberam. Entretanto, Eleke afirma que pelo menos uma mulher, entre aquelas cujos filhos não foram encontrados, tem se comunicado com seu primogênito.

— Você saberá reconhecê-la. Escute o seu coração. Essa mulher é corajosa. Uma digna filha de Emene. Uma valorosa representante de Inyi. Não a deixe aparecer diante dos sábios. Ela marchará por nós.

Diante das casas da concessão, mulheres têm os cabelos trançados pelas servas. Exibirão, dentro em pouco, o penteado em cascatas que fazem furor na aldeia. A que criou aquele arranjo faz parte das reclusas da casa comum. Trata-se, justamente, daquela Eyabe que o chefe desejaria ver. A matrona sente um aperto no coração. Cada uma daquelas cujos filhos não foram encontrados tem uma função definida na aldeia. Cada uma delas contribui com alguma coisa para a comunidade, possui uma sensibilidade única.

Agora que os nomes, os rostos e as qualidades daquelas mulheres lhe vêm à mente, a anciã se censura por se ter esquecido disso no dia em que, tomando cuidado para se manter a uma boa distância da casa comum, anunciou-lhes com frieza o regime segundo o qual deveriam viver dali em diante.

— Eu não era eu mesma, eu não estava em meu juízo perfeito — sussurra. — Emene, nossa mãe, digne-se me amparar, a fim de que eu não me desvie mais do caminho. Inyi, você que é verdade, justiça e harmonia, permita-me respeitar Seus princípios durante as provações que atingem nosso povo. E — concluiu ela, reprimindo um soluço, — perdoe esta Sua filha por ter agido sem ter antes pedido a Sua ajuda.

Ao chegar à saída da concessão, a matrona tem os olhos úmidos. O dia declina. O sol vestiu seus adornos femininos para se tornar Enange, banhar a terra com um brilho suave e, discretamente, subtrair-se ao olhar dos humanos. Dar lugar à noite. Então começará sua travessia pelo mundo subterrâneo e reaparecerá depois de ter enfrentado, e subjugado, o monstro chamado Sipopo.

Ebeise quer se apresentar às ocupantes da casa comum antes da escuridão. Tem a impressão de não ser mais capaz de pensar. Demasiadas emoções se agitam dentro dela. Acaba de deixar sua única amiga, receando nunca mais vê-la, tão frágil ela lhe pareceu. As palavras que ela fez questão de lhe dizer, reunindo para tanto suas poucas forças, esgotaram-na ainda mais. A parteira busca a voz da razão. Os humanos não decidem quem deve viver ou morrer. Apenas Nyambe, o Incriado, a entidade que é ao mesmo tempo Mãe e Pai de tudo que vive, conhece o momento e o modo. Neste instante, aquela que passa por uma mulher de pulso só tem consciência de suas fraquezas. Às vezes, ela gostaria ser uma daquelas que não chamam a atenção, uma daquelas das quais nada se espera... Suas passadas são lentas demais para o seu gosto. A anciã gostaria de correr à morada de Eyabe, encontrar o quanto antes aquelas que estão instaladas na casa comum. Olhos fixos no caminho, evita deixar-se distrair pelo espetáculo ao seu redor, não sorri ao som das canções de estímulo entoadas pelos homens ocupados na reconstrução de uma habitação. Não dirige a palavra a duas adolescentes que, ritmadas, pilam o *mbaa* da refeição. E no entanto todos a emocionam. Tão profundamente, aliás, que, se desse atenção a si mesma, iria abraçar cada um deles. Logo depois do incêndio, decisões foram tomadas, visando apagar os vestígios do drama. Nada foi dito. Ninguém soube o que dizer.

Se Mwititi é também a forma assumida pelos silêncios, não foi apenas sobre a casa comum que ela se manifestou. É para dissipá-la que os homens cantam, que as meninas fazem por onde manter a cadência enquanto amassam os tubérculos a serem servidos naquela noite. O incêndio, o desaparecimento de doze homens do clã e a reclusão de dez mulheres obscureceram o cotidiano dos mulongo. Não será ela a pretender o contrário. Desde então, o sono a abandonou. Desde então, suas coesposas dormem na mesma casa. Durante todo o dia, recorrem a tesouros de habilidade para evitar as perguntas dos filhos, que querem saber o que aconteceu com o pai. Ele os abandonou? Todos sabem que ele é forte o bastante para enfrentar qualquer situação, é o que sempre ouviram dizer. Então, o que está acontecendo?

Ebeise caminha de cabeça baixa. Assim, ninguém vê suas lágrimas ou adivinha sua amargura. Chorar ajuda a andar mais depressa. Não elimina o tormento, mas um pouco da angústia a abandona. Ao chegar à concessão familiar de Eyabe, tem os olhos secos, a cabeça erguida. Todos a saúdam com deferência. Afastam-se do seu caminho. A matrona parece saber exatamente aonde ir, o que não surpreende ninguém. Jamais aquela mulher foi vista numa atitude de hesitação. Quando para diante da casa de Eyabe, esperam que ela lhe dê ordem de sair, lhe comunique a sanção do Conselho, por ter ousado deixar a casa comum. A voz da parteira é gentil quando a chama e pede permissão para entrar na morada. Do lado de fora, não se vê a ocupante do local, deitada num canto, atrás da metade de parede que preserva sua intimidade. Sua resposta chega a todos:

— Pois entre, nossa tia.

Quando Ebeise penetra na casa, sua anfitriã não se dá ao trabalho de se levantar, contenta-se em dizer:

— Você vai me desculpar, nossa tia, eu não me sinto bem.

A anciã faz que sim, senta-se no chão, não faz qualquer observação a respeito da mulher ter cortado o cabelo como fazem as enlutadas. As mechas foram recolhidas numa tigela de barro, à espera de serem queimadas, para que ninguém as use para fins ocultos. Sem saber por quê, a matrona não informa Eyabe que o chefe quer vê-la. Passando apenas a mão no rosto daquela cujo filho não foi encontrado, diz:

— Você não deve ficar aqui.

A mulher responde:

— Não é a minha intenção.

— Bem — prossegue a anciã, — vamos queimar os seus cabelos e sair deste lugar.

Eyabe murmura que, antes, não teve coragem, havia tanta gente em volta, e também aquela flor, mas é imperativo que ela desenterre o que resta da placenta... Impossível ir embora sem fazer isso. Mais uma vez a anciã não faz perguntas. Ela compreendeu.

Desde a soleira daquela casa em parte destruída, uma paz desceu sobre ela. Não é o desaparecimento da tristeza, trata-se de outra coisa. Mesmo antes de se ver diante dela, Ebeise acreditava ser preciso proteger Eyabe, colocá-la a salvo das explosões do Conselho. Agora, instalou-se nela uma certeza: esta mulher era mesmo aquela da qual lhe falou a amiga. Então, explica:

— Já não restará mais do que terra, a esta altura. Você pode retirar a quantidade necessária, eu irei com você. Primeiro, vamos queimar seu cabelo.

Sussurrando essas palavras, a anciã olha por cima da parede. A coesposa de Eyabe está a alguns passos dali, tentando ouvir alguma coisa. Os olhos da velha fazem-na recuar, dar meia-volta.

— Aquela mulher mandou um garoto ao *janea*, para denunciar você — diz Ebeise entredentes. — Vamos.

*

Ao saírem da concessão familiar de Eyabe, as duas mulheres encontraram Ebusi, que acabava de deixar a casa comum, tendo, ela também, se pintado com argila branca. A matrona ordenou:

— Vai em busca do *janea*. Diga-lhe que Eyabe não pode vê-lo neste momento. Avise-o de que passarei a noite na casa comum e que lhe peço para ir pessoalmente ao meu encontro.

Antes que qualquer pensamento se forme na mente de Ebusi, que tinha seus próprios projetos, a anciã conduz a companheira, que última levava nas mãos um pote no qual havia recolhido um pouco de terra, tomando o cuidado de preservar a flor descoberta sob as raízes da árvore, como uma promessa de renascimento. Ela não viu Ekesi, sua coesposa, andar em volta do buraco dentro do qual havia contemplado aquela floração inesperada. Era preciso cuidar daquela coisinha frágil, para mantê-la intacta. O resto da família a observava, lembrando-lhe de que não se fazia aquilo, de que ninguém se aproximava da árvore debaixo da qual havia sido depositada a placenta de uma mulher. Era, explicaram, como tocar as partes íntimas dessa última. Dando de ombros, Ekesi retrucou:

— Aqui não existe mais árvore, nem placenta.

Girando nos calcanhares, uma intenção firmava sólidas raízes em seu coração. Mais tarde, quando ninguém suspeitaria, afogaria aquela flor, urinando em cima.

Vendo Eyabe voltar com a matrona, aquelas cujos filhos não foram encontrados não sabem o que pensar. Observam a cabeça raspada da companheira, imaginam que venham submetê-las ao ritual que ratificará sua condição de enlutadas. Algumas não têm tal desejo, preferindo que lhes seja deixada alguma esperança. Um pouco de esperança. Três semanas não são suficientes para pensar no filho como uma alma que deve abrir caminho para o outro mundo. Querem revê-lo em vida. Que ele reapareça com seus irmãos, um sorriso nos lábios, e diga: *Que tolice, estávamos perdidos no meio do mato...* Que toda a aldeia ria daqueles jovens iniciados, ainda incapazes de encontrar seu caminho em meio ao emaranhado vegetal que circunda as terras do clã. Que a comunidade organize um banquete, que todos se empanturrem durante dias a fio, para festejar a volta dos primogênitos daquela geração.

Outras não se importam, não sonham em rever o filho volatilizado. Para elas, é hora de acabar com aquilo. Que, pelo menos, alguma coisa aconteça. Aquela reclusão, aquele exílio, não pode mais durar. Sendo assim, que lhes raspem a cabeça, se for o que há a fazer para que uma vida normal volte a lhes ser permitida. Que as escarificassem, se for preciso, que sejam queimadas cascas de árvores para favorecer o esquecimento. Aquele rapaz que não foi mais visto sempre foi para elas como uma chaga. A despeito dos anos, nunca lhes foi possível olhar para ele sem se lembrar das circunstâncias de sua concepção, ou das provações ligadas ao seu nascimento difícil. Os olhares que precisaram suportar, todos os rituais aos quais foram obrigadas a se submeter. Se o primogênito está morto, que sua alma vá para onde achar melhor. Que reencarne em qualquer lugar, mas não através delas. Quando a sombra chegou, foi de propósito que não a olharam. Foi consciente a sua surdez às súplicas. Sim, que lhes raspem a cabeça. Que tudo acabe logo. Como suas irmãs, elas escutam com atenção o que diz a mais velha.

 Uma vez diante delas, porém, a anciã não tem instruções a dar, nada a dizer que se relacione aos ritos funerários, à dança dos mortos. Nada que as prepare para um funeral simbólico daqueles que não foram encontrados. A matrona não anuncia a confecção pelo mestre escultor de estatuetas materializando não a figura dos *maloba* e sim os encantamentos, as invocações. As esculturas são orações. Aquelas que não viram mais os filhos precisam delas. Infelizmente, a parteira não pronuncia as palavras da libertação, tudo o que faz é exortar as habitantes da casa comum à solidariedade. O Conselho busca culpados do que aconteceu. Elas serão as primeiras apontadas. Ebeise não lhes diz que, na verdade, apenas Eyabe está ameaçada. As outras poderiam se livrar, submetendo-se a procedimentos de purificação. Ela oculta tal fato, pensando assim preservar a coesão.

 As mulheres cujos filhos não foram encontrados ouvem em silêncio. Quando a anciã lhes informa que, daquele momento em diante, ficará na habitação comum, aquilo não as perturba. Uma delas murmura:

— Nossa tia, você gostaria de comer alguma coisa quente? Vou preparar...

A anciã responde:

— Eu agradeço, minha filha. Vamos comer juntas. Uma das suas irmãs irá ajudá-la.

Por alguns instantes, reina outra vez o silêncio. As mulheres parecem constrangidas por habitar o próprio corpo. Ainda que a matrona não tenha perdido a autoridade, ela as aborda com uma indulgência que até então nunca havia demonstrado. Jamais ela permitiu que a considerassem como uma igual. As coisas não são assim. Nenhuma familiaridade é concebível entre pessoas que não pertençam à mesma geração. As mulheres cujos filhos não foram encontrados se perguntam se é bom se deixarem impor uma forma de transgressão, ainda que pela muito respeitada parteira do clã. As competências de Ebeise colocam-na acima das mulheres da comunidade. Elas a consideram uma auxiliar do divino, que elegeu o corpo feminino para fazer dele a forja na qual molda os humanos. Fazem dela uma imagem de Inyi, manifestação feminina do deus criador. Isso proíbe a camaradagem. Por instinto, as isoladas abaixam a cabeça. Uma delas se separa do grupo, para se juntar àquela que propôs cozinhar.

Ebeise se dirige às que continuaram em sua companhia.

— A escuridão — diz ela, — não tardará a descer.

Seria bom acender um fogo em torno do qual se instalarão. Depois de partilharem a refeição, elas evocarão as razões que levaram o jovem mestre dos mistérios a vir interrogá-las ao nascer do dia. Enquanto esperam, ela dará notícias dos familiares àquelas que desejarem. Quando as outras se preparam para instalar uma fogueira em frente à casa comum, a anciã chama Eyabe à parte. As duas dão alguns passos.

— Eu compreendo o que você quer fazer. Como pretende agir?

A mulher a encara:

— Eu serei guiada até o lugar. Tenho confiança.

A velha insiste. O caminho pode ser longo. Não é prudente ir sozinha... Aliás, quando Eyabe pretende sair? Eyabe explica que partirá antes do dia. As outras estarão dormindo. Será o momento exato da troca da guarda, nos limites da aldeia. Durante alguns instantes, não haverá sentinela. Ela vai se esgueirar no intervalo sutil que separa a noite da manhã. A anciã faz que sim, enquanto lágrimas lhe vêm aos olhos.

Certificando-se de que as outras não as olham, a parteira coloca a mão direita na testa da mulher e murmura:

— Emene, faça baixar o seu espírito sobre esta filha. Interceda a favor dela junto a Inyi. Mostre-lhe o caminho, para que ela nos volte sã e salva.

A matrona retira seu amuleto. Nunca se separou dele. Passando o cordão em volta do pescoço de Eyabe, explica:

— Eu sou agora uma mulher velha. Este colar não tem mais qualquer utilidade para mim, mas ele a protegerá. Qualquer pessoa que quiser o seu mal cairá antes de tocá-la. Nenhuma arma criada ou lançada para destruí-la atingirá seu objetivo. Que assim seja, pelo poderoso nome de Nyambe, criador do céu, da terra e dos abismos.

Calando-se por um instante, a anciã pergunta:

— Você quer que contemos às suas irmãs?

— Você o fará, tia Ebeise — responde a mulher, — quando eu tiver saído da aldeia. Deixe o sol chegar ao zênite. E então, você lhes dirá.

*

Quando as duas se preparam para se juntar às outras mulheres, o *janea* aparece, seguido por uma escolta de oito homens. Ele usa uma *musuka*, com uma espécie de véu que lhe desce pelos dois lados do rosto, cobrindo a nuca e o alto dos ombros. Seu traje é um *sanja* longo, tecido com fibras vegetais. Aquela vestimenta é o apanágio dos chefes, assim como a pele de leopardo que lhe recobre os ombros. Na mão direita, Mukano traz um bastão de comando, cujo castão esculpido representa um leopardo, reafirmando os laços de seu povo com o senhor das matas. Em toda a sua extensão, o objeto traz, minuciosamente gravados, inúmeros símbolos indicando a história de sua linhagem. Apenas um punho legítimo está autorizado a tocar aquele cajado. Plantando-o na terra à medida que avança, o chefe se desloca na presença daqueles que o precederam, sob a tutela dos ancestrais do clã, em harmonia com a natureza. Suas *betambi* deixam, na poeira, a pegada de seus nobres passos. À sua direita há um tocador de tambor, cujo instrumento anuncia com solenidade a sua passagem.

Ebuse, a quem a parteira pedira para ir em busca do chefe, caminha atrás. Como Mukano lhe dá as costas, ela não é obrigada, como as habitantes da casa comum, a se deitar de bruços em sinal de submissão. Não tem o dever de proferir elogios e bênçãos para saudá-lo. O homem e sua comitiva param a alguma distância da habitação, o que a obriga a *parar* também. Seu estômago reclama de fome. Gostaria de se sentar, mas seria malvisto ela se pôr à vontade, estando Mukano de pé. Depois de se ajoelhar rapidamente em sinal de respeito, como fazem os homens, a matrona avança, deixando para trás as reclusas deitadas no chão. Elas não conseguem se impedir de levantar os olhos. É a primeira vez, desde que foram reunidas debaixo daquele teto, que Mukano se apresenta no local. Ele parece preocupado. O momento deve ser grave, para que ele vá pessoalmente até lá. Com certeza alguma coisa lhe foi ocultada. A anciã lhes parece suspeita. Aquelas cujos filhos não foram encontrados se crispam. Gostariam de abaixar a cabeça como exigem as boas maneiras, mas lhes é impossível afastar o olhar da cena. Ainda mais porque não ouvem o que é dito.

Ebeise exprime sua gratidão:

— Você que foi elevado, louvo a sua grandeza e agradeço por ter ouvido o apelo de uma mulher.

Os dois estão agora bastante longe da escolta e das ocupantes da casa comum. Seu diálogo permanecerá secreto. Mukano concorda com a cabeça:

— A sua posição no seio de nossa comunidade assim me obriga. Sobretudo nas atuais circunstâncias. Eu teria vindo mais cedo, não fosse preciso ouvir o relato do meu rastreador. Meu irmão deixou a aldeia, o que não prenuncia nada de bom... Suponho que você queira me falar de outra coisa.

Em voz baixa, a anciã concorda e se apressa a repetir-lhe as palavras de sua amiga:

— Ela insistiu muito. Ora, você a conhece. Ela nunca se exprime com leviandade. Que não seja dito, então, que suas palavras caíram no vazio.

Longe dele tal ideia. Mukano concorda com a opinião da velha Eleke: é chegada a hora de se apresentar diante de Njanjo, a rainha dos bwele.

Mas as palavras que lhe são comunicadas contêm uma informação preocupante. Os bwele saberiam o que aconteceu com os doze desaparecidos. Mukano reflete que seu irmão, na qualidade de responsável pelas operações comerciais da comunidade, é quem melhor conhece o povo vizinho. Será preciso se preparar para a guerra? Recusando tais pensamentos, o chefe prefere considerar soluções diplomáticas. Desde a fundação do clã, os mulongo nunca precisaram combater seus vizinhos. O clã possui guerreiros, mas tal corporação só existe pela convenção. Seus combates mais desafiadores consistem em justas dançadas em cerimônias. Os guerreiros mulongo orgulham-se de jamais ter derramado sangue humano.

Para afastar o mau pressentimento que começa a lhe dar nó nas tripas, Mukano pergunta:

— Por que você não me trouxe Eyabe?

Cruzando os braços às costas, a matrona dá um passo atrás:

— É para mim impossível dizer mais, *janea*, mas por enquanto nossa filha não pode se apresentar a você.

— O que quer dizer isso? — ele questiona. — Estaria ela... indisposta?

A mulher sustenta seu olhar:

— De certa forma — ela retruca. — Você a verá assim que possível.

E a anciã acrescenta:

— *Janea*, não se precipite para visitar os bwele sem se recomendar aos ancestrais, aos *maloba* e a Nyambe. Eu sei que você já estava ansioso para fazer essa viagem.

Concordando com um gesto, o homem lhe dá as costas. Já deu alguns passos quando exclama, sem se virar para ela:

— Mulher, respeite-me como eu a respeito.

O *janea* e sua escolta passam diante de Ebusi sem vê-la. O percussionista, agora, bate com menos força, mas sempre com seriedade. A mulher espera que o cortejo se afaste para se mexer. O som do tambor falante a atinge como um canto fúnebre. Não há mais dia. Ela não realizou as ações planejadas. Isso lhe dilacera o coração. Recrimina-se por não ter tido coragem de se apresentar diante do chefe com o rosto e os ombros cobertos de caulim. Envergonha-se por ter pedido água à família de Eyabe, para tirar a argila branca. Sem encará-la, trouxeram-lhe uma cabaça que foi depositada no chão quando ela estendeu as mãos para recebê-la. Ela se lavou em silêncio. Ebusi pensa ter traído o filho pela segunda vez, o que lhe é intolerável. Os gritos que gostaria de dar a sufocam enquanto, contando os passos, ela vai ao encontro das outras isoladas do clã.

*

As chamas da fogueira se elevam. As mulheres estão agora sentadas em círculo. Não falam. Depois de se terem jogado no chão para saudar o chefe, a parte da frente de seus corpos está coberta de terra. Algumas têm um pouco dela nas maçãs do rosto, nos lábios, no queixo. Todas evitam o olhar umas das outras. A provação do isolamento só as aproximou por um curto instante, ao raiar do dia, quando foi preciso se abraçarem para descobrir quem as convocava ao lado de fora da casa comum. Desde então, não encontraram outra razão para se entregarem

umas às outras. Eyabe não se acomodou no círculo. Está sentada mais longe, não pensou em se deitar diante do chefe. A argila branca que lhe cobre o rosto marca mais do que uma distância das companheiras. Mesmo aquelas que não desejam rever os filhos evitaram se pintar daquela maneira, afirmar a morte do rapaz. Ebusi, que por um instante havia tomado o caminho da rebelião, não encontrou forças para assumir até o fim o peso de seus atos. Ela se instalou perto do fogo, sem dizer uma palavra.
Agora sozinha no local em que se encontrou com o chefe, Ebeise observa a cena. Os aromas da refeição chegam até ela. A anciã se encaminha para o grupo. Percebe o cansaço das mulheres, recorda as palavras clarividentes de Eleke a respeito do espírito de irmandade. Seus joelhos estalam quando se senta. Suas amplas nádegas enfim se achatam no chão quando um ruído surdo se faz ouvir. Eyabe acaba de cair de costas. Como ela não largou o pote contendo a terra cavada debaixo da árvore, um pouco do conteúdo se espalhou sobre seu ventre. Ela treme da cabeça aos pés, deixa escapar um resmungo, as mãos crispadas em volta do recipiente cujo conteúdo se derrama mais uma vez. Num movimento simultâneo, as mulheres levam as mãos à cabeça. Todas abrem a boca, mas apenas a voz de Ebuse ecoa, num grito tão longo que atravessa toda a aldeia, quicando no flanco da colina onde residem os nobres, ricocheteando nas cascas das árvores, fazendo rolarem as pedras ao longo das áleas que separam as concessões:

— Povo, que me seja testemunha! A morte já quer levar nossa irmã! Povo...

*

Nas concessões do clã, todos param. Os que mastigavam um bocado de sua refeição penam para degluti-lo. Muitos cospem o alimento. Alguns intrépidos tentam engolir. Tudo fica entalado na garganta, forma uma bola que endurece, se transmuta em pedra. Todos ouviram o grito vindo da casa comum. O apelo anuncia a volta do fogo e de novas perdas? Seria preciso ir ver, mas os anciãos deram ordens para que não se aproximassem daquela habitação. Olhares são trocados em silêncio. A noite do incêndio se impõe à lembrança. Todos se lembram de outro grito de desespero, quando as famílias dormiam. Uma mulher, saída de casa num rompante, dera um berro tão forte que sua voz deve ter ecoado por toda a Criação, da terra ao céu, do céu aos abismos: *Povo, que me seja testemunha!* A princípio, acreditaram ter sido um sonho ruim. Viraram de lado na esteira, para segurar o sono que tentava fugir. Depois compreenderam que uma mulher bem real estava chorando a não mais poder.

Aldeões acorreram, o sono ainda lhes toldando o olhar. As chamas se propagavam de um telhado a outro com a rapidez do raio. Outros gritos se fundiram ao primeiro, até que um clamor de lamentações recobriu a totalidade das terras mulongo. Todos se lembram que o *janea* e seu irmão, vivendo lá em cima da colina, só puderam constatar o desastre. Lembram-se da debandada para a floresta, quando o fogo ameaçou se alastrar pelo santuário dos relicários coletivos. O lugar no qual são conservados os esqueletos, dentes e unhas dos ancestrais do clã. Aqueles cujos restos estão guardados representam o que o clã gerou de mais importante. São os antepassados mais honoráveis, os mais meritórios.

Na noite do grande fogo, mulheres se agruparam em torno da matrona. O guia espiritual permaneceu junto aos recém-circuncisados, pelos quais deveria ainda velar por algum tempo. Todos os outros simplesmente procuraram se salvar. A comunidade começava a se desintegrar. Às primeiras luzes do dia, houve a tentativa de voltar para a aldeia. Todos pararam a alguns passos, à espera de que todo o clã estivesse reunido. Ninguém queria entrar sozinho. Quando estavam de volta todos os grupos dispersos pela mata, foi constatada a ausência de doze homens: dez adolescentes e dois anciãos.

No pátio das concessões familiares, os aldeões revivem aqueles momentos funestos. Para alguns, a lembrança é tão intensa que regurgitam toda a refeição. Os mulongo compreendem que o fogo está dentro deles desde o grande incêndio. Muitos perderam o sono. Muitos se veem morrer queimados em seus sonhos, despertam apavorados, banhados em suor. Muitos pensam no amigo, no irmão que não foi mais visto, do qual não se fala. Mais de três semanas depois do desaparecimento, as mulheres compuseram canções através das quais é contada a tragédia. Por enquanto, é em voz baixa que elas entoam tais lamentos de fúria, de perda. Passando em frente à casa comum para buscar água, esforçam-se para não olhar para aquelas cujos filhos não foram encontrados. Ainda assim, alguma coisa vibra dentro delas.

É dessa vibração que emanam os cantos ainda secretos que as ajudam a aguardar que a decisão do Conselho seja pronunciada. Que lhes seja permitido abraçar uma amiga, uma irmã, dizer *Eu também choro pelo nosso filho...* Os desaparecidos não são desconhecidos. Sobretudo para as mulheres do clã que cuidam das crianças. Cada uma delas, quando ocupada, confia sua prole a uma outra. Muitas vezes um filho mal amado por aquela que o deu à luz encontra, no seio da comunidade, uma mãe substituta.

Aquelas às quais o espírito de Nyangombe privou das alegrias da maternidade apegam-se às crianças de uma outra.

    Todos esperam que outra pessoa tome uma decisão: ir até a casa comum, ou nada fazer. Nada, visto que está claro, não há incêndio. Nada, visto que todo ato movido pela angústia ratifica a fraqueza e, por si só, provoca as piores catástrofes. Se algo de grave acontecer perto daquelas cujos filhos não foram encontrados, pois bem, elas são dez. Saberão o que fazer. Sejam quais forem as emoções que se agitam no fundo dos corações, há de se dar um jeito. Na intimidade das casas, quando chegar a hora do repouso, haverá súplicas ao invisível para que elas sejam poupadas daquilo que provocou o grito.

    A mão dos chefes de família não treme, quando a mergulham no prato comum. Em silêncio, eles se expressaram. Se a palavra das mulheres não deve ser levada pelo vento, o bom senso exige que fique restrita aos limites da casa. As que desejariam falar aguardarão o momento adequado. Até lá, todos simularão não perceber que, naquela noite, elas não comem. Em duas ou três concessões, o chefe de família, antes de mergulhar os dedos no prato, ordena a um filho, a um irmão mais moço, que vá prevenir os membros do Conselho. Somente em uma ou duas concessões, porque o primeiro movimento do coração humano perante a adversidade raramente é enfrentá-la. Algumas habitações, é também preciso que se reconheça, ficam bem longe da casa comum. O apelo da mulher só lhes chega de forma imprecisa. Alguns só ouvem um ruído assemelhado ao pio distante de uma ave noturna. Esses nem ao menos erguem os ombros.

*

Mukano e sua escolta estão agora ao pé da colina sobre a qual se ergue a chefatura. O percussionista toca em surdina. A subida se prepara. No instante em que seu bastão de autoridade afunda na terra, um grito de mulher se faz ouvir. Um uivo que traz consigo todos os que não foram emitidos desde o grande incêndio. O *janea* suspende o gesto. Seus homens prendem a respiração. Mukano não fala. Tenta refletir. Depressa. Tomar uma decisão. Seu dever impõe que envie alguém, que aguarde informações. Pelo menos isso. Dessa vez, ele não tem vontade de fazer o que deveria. Deseja ir às terras dos bwele, saber o que aconteceu com aqueles que não foram encontrados. Não quer correr o risco de descobrir seja o que for, naquela noite, que o atrase ainda mais. Passará os momentos seguintes na casa sagrada da chefatura, sem comer ou beber. Partirá ao amanhecer.

Só o seguirão os homens de sua guarda pessoal e não os guerreiros do clã, dos quais não saberia dispor como gostaria. Assim lhe foi dito, quando sugeriu que as prospecções efetuadas na mata fossem levadas mais adiante, por mais tempo. Os membros do Conselho se levantaram como um único homem, para declarar:

— Você não mandará nossa descendência enfrentar o desconhecido. O que pretende com isso, afinal, Mukano? Você quer que nossos rapazes sejam devorados por uma coisa que somos incapazes de nomear?

Aquelas hesitações fizeram-no perder bastante tempo. Mukano ergue a cabeça, volta os olhos para a casa comum de onde vem o grito. Ela está fora do seu campo de visão. Ele pensa que a distância não o impediria de ver as chamas subirem, caso se tratasse de outro incêndio. Quando do grande fogo, o céu se fazia vermelho, de longe. Agora, nada havia. Tudo parece mais ou menos em ordem, mesmo que aquele grito seja a manifestação de uma perturbação.

O homem se diz que a matrona agirá, pedirá ajuda ao filho, se necessário. Deixa que Ebeise se encarregue de lidar com a situação desconhecida que levou uma das isoladas a abalar a tranquilidade do clã. Sem se dar conta, o *janea* murmura:

— Não há fogo. As mulheres gritam por qualquer motivo.

Um de seus seguidores ouviu essas palavras e abafa o riso. O chefe lança sobre ele um olhar cuja frieza não encontra descrição na língua mulongo. Mukano planta na terra seu bastão de comando, apoia-se nele para que aqueles cuja lembrança está gravada na madeira o sustentem. Já está atrasado demais... Chegando ao topo da colina, pede que lhe preparem presentes para a rainha Njanjo. E conclui:

— Que não me perturbem sob pretexto algum. Partiremos ao amanhecer.

*

A matrona ordena a Ebusi que se cale. Os gestos da anciã são firmes quando ela se aproxima de Eyabe e a mantém no chão. É preciso esperar, ouvir. Há ali uma força que pede para se exprimir. Quem quer que cubra o rosto com argila branca se comunica com o outro mundo. As mulheres sentadas perto da casa se levantam. Algumas se juntam à parteira. Outras dão um passo atrás, sacodem as roupas para se livrar da terra que se prendeu a elas, pensam que, naquele dia, nada lhes será poupado. Seu olhar se perde no vazio.

Ebeise diz:

— A morte não vai levá-la.

Logo o corpo da mulher se acalma, amolece. A carne de Eyabe assume uma textura de barro, na qual afundam as mãos da matrona. Gotas de suor brilham em sua testa. Ela move a cabeça de um lado para o outro, dá um gemido. A anciã a solta por um instante. Segura o pote contendo a terra escavada sob o *dikube*, deposita-o gentilmente no chão. Eyabe deixa escapar essas palavras:

— Mãe, só há água. O caminho da volta se apagou, não há nada além de água...

O resto de sua fala é inaudível, mas o que ela disse reaviva, nas nove outras mulheres, a lembrança da sombra que se apresentou a elas, levando-as a esticar o pescoço para ver melhor, sem nada ver. Todas, entretanto, permanecem em silêncio. Quando a matrona pede que a ajudem a levar Eyabe para dentro da casa comum, compreendem que a noite será longa. Três delas se juntam à anciã para levantar o corpo da companheira. As outras atiçam a fogueira em volta da qual se acomodam para a vigília. A fogueira que manterá as trevas à distância.

DECLARAÇÕES DA SOMBRA

Mutango está ocupado. Ele sabe que o Conselho está reunido. Sua presença é requisitada por ocasião daquela assembleia extraordinária. Ele há de encontrar uma desculpa. Se preciso, invocará uma indigestão, o que a ninguém surpreenderá, mesmo que quatro membros do Conselho saibam que ele está em perfeita saúde. Ele os recebeu às primeiras luzes do dia, depois de ter deixado a casa daquelas cujos rapazes não foram mais vistos. O homem apressou-se a lhes comunicar o fenômeno, aquela sombra que foi vista planando acima da morada das mulheres. Sem esperar para saber o que pensavam, comunicou-lhes seu sentimento, acrescentando, com perfídia, que o regime atual não havia dimensionado o perigo. Teria sido preciso fazer sacrifícios desde o dia seguinte ao incêndio. As circunstâncias mereciam que alguns animais fossem degolados.

À sua volta, os arbustos ameaçavam lhe furar o ventre com a ponta de seus espinhos. O notável já perdeu o hábito de se aventurar sozinho pela mata. Não punha os pés ali, sem escolta, desde o final da sua iniciação, pelo menos não tão longe. Quando precisa tratar em segredo com o invisível, vai a uma clareira tranquila que descobriu. O lugar não fica a mais de um quarto de dia da aldeia, até mesmo um pouco menos, ida e volta. Desta vez, a situação lhe exige percorrer uma longa distância desacompanhado. Seu ventre transborda acima do cinto da sua *manjua*, revelando as escarificações ventrais que formam cicatrizes escuras ao redor do umbigo. Não serão seus colares, braceletes e amuletos que o protegerão da picada dos espinhos, da coceira feroz provocada pelo *masibo* cujas folhas lhe arranham as panturrilhas. Para completar, ele se esqueceu de se munir de um facão. É sempre um de seus servidores que cuida disso. Seu cutelo de ponta curva, perfeito para matar, de pouco lhe adianta.

O homem avança, decidido, desafiando as agressões da natureza. A hostilidade do ambiente obriga-o a ficar alerta, o que não é ruim. Quando um galho de arbusto se prende nas pontas de suas esteiras decoradas com nervuras e grãos, ele abafa um palavrão, luta por instantes com o abusado, conquista sua liberdade ao preço de um pouco de suor, continua a marcha. A planta de seus enormes pés se espalha, esmaga hastes de *muko iyo*[8], insensível a tudo o que possa cobrir o chão ou nele se ocultar. É essa parte de seu corpo que deve ser observada — bem como o fundo dos olhos — para conhecer seu temperamento. Mutango não paparica seus pés como faz com o resto do

---

8   Mimosa. (N. T.)

seu opulento invólucro. Por isso são secos, rudes, prontos a pisotear tudo o que existe. Pés sem medo, sem piedade.

    Para tornar a viagem mais palatável, o dignitário devora pedaços de carne defumada, da qual levava um saco cheio. Esqueceu-se de se munir de um odre em pele de cabra, que teria enchido com um suco amargo, obtido a partir das folhas do *bongongi*. Nessas condições, a carne, que ele não se dá ao trabalho de mastigar como se deve, transborda do seu esôfago. O notável faz funcionarem suas poderosas glândulas salivares, produz a quantidade de líquido necessária à boa assimilação da carne pelo seu organismo. Arrota em profusão, palita os dentes com um espeto de *bobimbi*, casca de árvore conhecida por limpá-los. Ao uso frequente dessa planta ele deve a brancura cintilante do sorriso, que, nele, nunca é uma manifestação de alegria. Seus olhos, em vez de se iluminarem quando ele sorri, ficam vermelhos, e depois sombrios. Diante de tal espetáculo, muitos gostariam de fugir correndo, mas o respeito devido à sua posição proíbe tal atitude. Ele adora isso. O fato de apavorar os outros o estimula a ponto de, às vezes, fazê-lo rir. O adiposo dignitário emite então um grunhido de javali, o que acentua os traços que ele tem em comum com esse animal. Só lhe faltam as presas. O que é apenas aparente: ele as traz no cérebro.

    O caminho não é mais longo. De vez em quando, ele para de andar para bufar, vira-se para ver se nada se mexe por lá, em meio ao arvoredo, se por acaso seu irmão não pôs um espião no seu encalço. Nenhum movimento. Há apenas o vento, o que na verdade é dizer muito, tão densa é a vegetação naquelas paragens. O homem continua seu caminho. Logo ela o coloca diante de um rochedo. Ele mesmo definiu o itinerário, tomando cuidado para não se aproximar das regiões habitadas. Atrás da pedra, a meio dia de marcha, está Bekombo, a grande cidade dos bwele. Mais do que qualquer um no seio da comunidade, Mutango conhece aquela gente. Na qualidade de preposto aos assuntos comerciais, é ele quem vem com maior regularidade ao seu encontro, permutar víveres e bens pelos artigos que os seus não produzem, ou produzem em quantidades muito pequenas. Os bwele são mais prósperos que os mulongo, e também mais poderosos. Seu território é imenso, povoado por inúmeros clãs por eles dominados ao longo das eras.

Uma vez diante do rochedo, Mutango dobra à esquerda. Isso nada representa para seus pés impiedosos, mas ele agora percorre uma trilha quase lisa, uma via traçada no coração da mata pelos caçadores locais. Ao fundo, um riacho corre tranquilo, à sombra das árvores gigantes. Flores brancas de pétalas delicadas crescem por lá, apontando para o céu um pistilo amarelo e exalando um aroma de carniça. O notável para de andar, não para buscar algo que lhe facilite a digestão, mas porque é aquele o local de seu encontro. Seu olhar busca um lugar seco onde sentar o imponente traseiro que pesa sobre suas pernas. Varre um monte de folhas com a ajuda do pé direito que as afasta de um só golpe, deixando aparecer uma terra ocre. Mutango está a ponto de se instalar quando uma voz, ao mesmo tempo fina e áspera, ecoa:

— Você está atrasado, Filho de Mulongo. O sol já mudou de lugar três vezes desde que estou à sua espera.

Quem assim se exprime é um indivíduo tão baixo que poderia ser tomado por uma criança se uma barba cerrada não lhe engolisse as faces e o queixo. Usa um traje de caçador, feito de peles de animais ainda cobertas de

pelos, o que repugna um pouco Mutango, que vê naquilo falta de refinamento. Em sua terra, as peles são tratadas antes de serem usadas, ainda mais porque a pelagem dos bichos mantém um calor pouco necessário naquela estação. Ele não responde. Seu interlocutor, um caçador temido do qual ninguém, entre os seus, pensa em zombar das limitadas proporções, não transpira. Como pretendia fazer ao ser interrompido, o notável apoia sua base no chão, solta um suspiro. Erguendo os olhos para o rosto do queixoso, cumprimenta:
— Filho de Bwele, como deixou a noite?
O homem se livra da pergunta com um gesto irritado da mão:
— A noite já se foi há uma eternidade, e dela saí como nela entrei.
— Bem, bem — responde o notável, — falemos dos nossos negócios. O que você tem a me dizer?
— Não tão depressa, velho — retruca o caçador. — Você me deve.
Mutango compreende que deve pagar antes de ser servido. Isso de modo algum se adequa à sua visão de mundo. Trata-se de garantir que a mercadoria valha a pena. Na realidade, o dignitário mulongo não corre grande risco. O que ele trouxe como pagamento não é de modo algum o que espera seu interlocutor, que nada compreenderá. Mesmo assim, é importante não capitular cedo demais. O indivíduo e ele terão outros acordos a fazer em futuro próximo, ou pelo menos ele assim acredita. Aquelas negociações modificarão o curso das coisas, a seu favor. Deixando-se convencer a pagar antes de poder avaliar a mercadoria, Mutango perderá a autoridade e a credibilidade necessárias às transações vindouras. Do fundo

da sacola contendo sua ração de carne para ida e volta o notável extrai um facão de lâmina curva, como só os mestres ferreiros do seu povo sabem fabricar. O cabo é finamente esculpido, o metal cortante cintila, captando os raros raios de sol que perfuram a folhagem espessa das grandes árvores. Colocando a arma junto dele com uma delicadeza espantosa para suas mãos enormes, o gordo se dirige ao caçador nestes termos:

— O que você pediu aqui está. Eu não correria o risco de enganá-lo quando estamos aqui a sós. De nós dois, é você quem maneja melhor as armas... Pode falar.

Sem tirar os olhos da madeira trabalhada do cabo, o caçador balança devagar a cabeça e fornece as esperadas informações. Uma fileira de homens atravessou a mata, dias a fio, tomando cuidado para evitar as aldeias. Entretanto, não apagaram seus rastros. Com isso, o bom detetive que ele é foi capaz de segui-los, em parte. Os homens chegaram até depois do país bwele, situado a um dia de marcha — para uma pessoa ágil — do lugar em que se encontram naquele momento. Não puderam ir além do litoral. Mais adiante, não há território que seres humanos sejam capazes de trilhar.

— Você está me dizendo — pergunta Mutango — que, chegando ao que você chama de "litoral", eu poderei saber com certeza quem eram esses caminhantes e o que aconteceu com eles?

O caçador responde sem hesitar:

— Eu fiz essa investigação para você, embora você não me tenha pedido. O que, por sinal, não foi muito difícil.

Ele dá um passo à frente, fica de cócoras diante de seu interlocutor, mantém os dentes trincados, fita-o dentro dos olhos. Seus rostos se tocariam, não fosse a diferença de altura que dá ligeira vantagem ao notável. O silêncio, entre eles, torna-se matéria compacta. Mutango obteve as informações inicialmente pedidas. Para saber mais, um facão não será suficiente, por maiores que sejam sua beleza e periculosidade. Ele não tem pressa. Se ainda não esboça o gesto de entregar o objeto ao caçador antes de girar sobre os calcanhares, é porque reflete. Para a continuação das operações, deverá se dirigir pessoalmente àquele litoral que acaba de ser mencionado. Ver com seus próprios olhos se lá estão aqueles que não foram encontrados. Diga o que lhe disser agora o caçador, ele deverá fazer tal viagem. Segurando o facão, estende-o a seu investigador, dizendo:

— Faça bom uso.

O homenzinho empunha a faca, experimenta a lâmina. Em voz baixa, indaga:

— O seu Ministro dos Cultos oficiou como é preciso?

Mutango não tem a intenção de lhe dizer que não existe mais, em seu clã, um mediador entre este mundo e os outros, apenas um aprendiz de mago usando no rosto a marca da grande elucubração que o domina desde que seu pai desapareceu. O notável contenta-se com uma resposta indireta:

— Não se preocupe. Um instrumento como este é governado pela mente do seu proprietário. Fale-me a respeito desses que vivem nos limites da Criação.

O caçador dá de ombros. Seu povo conhece bem os que vivem no litoral. São vizinhos. Os que vivem no limite do mundo conhecido são, na sua opinião, terrivelmente pretensiosos. Desde que encontraram os estrangeiros vindos pelas águas, acreditam-se iguais ao divino. Seus novos amigos os abastecem com tecidos desconhecidos naquela parte de *misipo*. Também lhes dão armas, joias e coisas que não se saberia nomear. Enfim, os litorâneos, que se dizem filhos da água — todos sabem, no entanto, que seus antepassados foram imprensados nos confins da terra ao longo de antigas disputas pelo território —, acreditam-se hoje irmãos dos homens de pés de galinha. Mutango aperta os olhos.

— Homens de pés de galinha? — interroga, exaltado.

O caçador percebe que falou demais, recusa-se a continuar.

Como ele se prepara para se levantar, Mutango o segura pelo braço. Precisa saber mais.

— Escute, não pergunto nada relacionado à fileira de caminhantes da qual você me falou. Estou satisfeito. Em compensação, eu gostaria que você se explicasse quanto a esses personagens que têm pés de galinha...

O homem bwele ergue outra vez os ombros. Quando de sua última passagem pelo litoral onde às vezes vai oferecer sua caça, ele viu tais criaturas.

— Aquela gente — ele declara — se cobre da cabeça aos pés. Nas pernas, usam um traje que lhes confere uma aparência de galinhas, donde esse nome de "homens de pés de galinha", que lhe foi dado pelo populacho do país litorâneo. Os notáveis não os tratam com tanta falta de respeito. Chamam-nos de "estrangeiros vindos de *pongo* pelas águas". Para dizer a verdade, nunca cheguei perto de nenhum...

Lançando um olhar ao céu, o notável percebe que o tempo voou. Suas perguntas relacionadas aos *estrangeiros de pés de galinha* fizeram o caçador falar. Fascinado por aquelas criaturas com as quais, no entanto, nunca conversou, o homem despejou tudo o que sabia, o que se dizia a respeito dos estranhos. Eles nunca jamais se apresentaram no país bwele, mas, sendo suas terras vizinhas do território dos litorâneos, ele ficou sabendo de coisas espantosas. Dizem que tais estrangeiros são os emissários de dignitários distantes, desejosos de se aliar a seus homólogos, do lado de cá da Criação. Para dar prova de suas boas intenções, cobriram os príncipes litorâneos de presentes, razão pela qual os últimos agora se dizem seus irmãos e os hospedam em suas concessões.

— Já faz algum tempo que sua embarcação, uma imensa piroga revestida de tecidos destinados a aprisionar o sopro do vento, está ancorada ao largo do país litorâneo. Deram-lhes mulheres para lhes fazerem companhia, serviçais velam pelo conforto das casas de pouso nas quais se hospedam...

O caçador, cujo nome Mutango soube ser Bwemba, começou de repente a falar mais baixo, para fazer revelações mais espantosas. Os homens de pés de galinha possuiriam armas que cuspiam raios, capazes de matar à distância. Com isso, evita-se o corpo a corpo, o risco de se ferir. Mutango já sonha em possuir um desses artefatos. Foi durante tais confidências que os dois homens revelaram seus nomes. Haviam tacitamente evitado fazê-lo até então, por prudência. Revelar seu nome a alguém é confiar-lhe uma parte preciosa de si mesmo, desnudar-se perante o outro. Basta murmurar o nome de uma pessoa por ocasião dos rituais para atacá-la de longe, expô-la às energias maléficas. E também até então nunca se tinham chamado senão pela referência aos fundadores de seus respectivos povos. Um deles era, então, *Filho de Bwele* e o outro, *Filho de Mulongo*.

Mutango acaba de ter uma ideia. As terras do povo bwele encontram-se a um dia de marcha do local em que se encontraram. O caçador passará a noite, portanto, em algum lugar da mata, provavelmente num abrigo situado a meio caminho. Se partirem agora, chegarão lá depois do anoitecer. O notável não precisará se explicar com os homens que seu irmão encarregou de vigiar as fronteiras da cidade, do crepúsculo à aurora. É assim desde o incêndio. Além disso, Mutango quer a qualquer custo saber mais a respeito dos homens de pés de galinha. Ignora a razão, mas alguma coisa lhe diz que há uma ligação entre esses estrangeiros, sua enorme embarcação e aqueles que não foram encontrados. Nenhum animal, entre os mais ferozes da mata, poderia mastigar dez recém-iniciados, dois homens de idade madura. Talvez se engane, mas, se não for o caso, saberá antes do irmão.

E dirige-se então a Bwemba, nestes termos:

— Daqui a pouco, o dia vai declinar. É hora de você ir. Se permitir, eu o acompanho.

O caçador bwele esbugalha os olhos.

— Isso mesmo — confirma o dignitário.

Bwemba pergunta como ele explicará sua presença dentro do clã bwele, uma vez que não está lá para fazer comércio.

— Não se preocupe. Irei me apresentar à rainha Njanjo. Vamos embora. Chegaremos à sua terra na metade do dia, o que é preferível. A cidade estará animada, não prestarão atenção em nós.

Mutango ainda não sabe como agir. Deseja ir ao litoral. Ver com seus olhos tudo o que lhe contou o companheiro. O aborrecimento é não ter previsto aquele deslocamento tão longo. Sem dúvida, trouxe seu passaporte, uma pequena máscara em terracota que sempre traz consigo. O objeto pende de um de seus inúmeros colares.

Ao vê-lo, sabe-se de onde ele vem, a que faixa etária pertence, quais são suas atribuições e sua posição no seio da sociedade mulongo.

Não trouxe, porém, presente algum para oferecer aos nobres do litoral. Nenhuma moeda apropriada, não à troca de mercadorias, mas à demonstração de respeito. Seria pouco adequado apresentar-se perante a rainha Njanjo sem depositar a seus pés um mínimo objeto de valor, mas ele saberá se fazer perdoar, encontrará uma história para contar e se fazer desculpar por tal negligência. Por outro lado, os príncipes do litoral mencionados pelo caçador não o conhecem. Não terão qualquer razão para lhe dar boa acolhida. Impossível encontrá-los no decorrer daquela primeira visita ao seu território. Que não seja por isso, o homem está pronto para se esgueirar encostado aos muros, quando no país litorâneo, se isso lhe permitir ver os estrangeiros, conhecer as verdadeiras razões de sua presença deste lado da Criação. Se vieram de *pongo* pelas águas, com certeza empreenderam uma viagem longa e perigosa. Ele não acredita que alguém se imponha semelhantes provações exclusivamente para fazer novos amigos.

Para Mutango, as comunidades não têm sentimentos. Têm interesses. Alguma coisa desejam os chefes dos pés de galinha que enviaram emissários tão longe. E desejam para si mesmos, não para os habitantes do país litorâneo. Ele conhecerá a verdadeira motivação da história, verá com os próprios olhos a estranha vestimenta que pode dar a impressão de um parentesco entre humanos e emplumados. Se for possível, inspecionará aquela embarcação que dizem gigantesca. Ele, cujo povo só mantém, com a água, uma relação das mais triviais — bebem-na, servem-se dela para se limpar, se lavar —, descobrirá como é possível fazer dela uma passagem entre dois territórios. As pirogas dos litorâneos, tais como Bwemba as descreveu, já lhe parecem algo mais do que extraordinário. No fundo, o notável mulongo não está longe de pôr em dúvida a humanidade dos homens de pés de galinha. Enfim, ele se diz que não importa quem esteja em condições de fazer a diferença entre um homem e um espírito. Se seu companheiro acredita que os estrangeiros sejam humanos, ele bem quer lhe dar razão. Por enquanto.

  O dignitário não compartilha seus pensamentos com o caçador. Os dois caminham sem trocar palavra, deixam-se penetrar pelos ruídos da natureza. Não há qualquer alma viva nos caminhos que trilham. Nem sequer um animal, um roedor que seria visto passando por entre os arbustos, sua corrida fazendo se fecharem as minúsculas folhas de *muko iyo*, planta medrosa que se retrai para se proteger das agressões. Mulongo não se preocupa com isso, prepara mentalmente o que dirá ao chegar à terra dos bwele e a história que contará aos seus quando voltar ao seio de sua comunidade. O pretexto da indigestão não será suficiente para explicar sua ausência por vários dias. Antes de revê-lo, com certeza o acreditarão vítima da mesma sorte que os desaparecidos. Pensa em usar aquilo em seu benefício, conceber uma daquelas fábulas recheadas de misticismo, cujo segredo conhece desde que não lhe sejam feitas perguntas demais. O crepúsculo se aproxima quando os dois homens chegam ao abrigo de caça onde Bwemba contava passar a noite sozinho.

  Trata-se de uma cabana feita de galhos, que se confunde com o ambiente. Poderia passar desapercebida, de tão pequena, construída para abrigar um único homem. O notável não pode pretender entrar. Dormirá no chão mesmo, junto à habitação provisória. Sua sacola contém carne suficiente para alimentá-lo até o dia seguinte, nenhum problema quanto a isso. No que diz respeito aos animais que poderiam rondar pelos arredores, ele conhece todos, nada a temer. Aliás, se Mutango é um caçador medíocre é porque tem mais amizade pelos seres animais do que pela espécie humana. Quando engole toneladas de carne animal, é sempre com amor. Uma vez ingerida, a carne lhe permite se unir ao bicho, e é por isso que o homem dedica atenção especial à escolha dos pratos carnívoros que absorve. São pedaços de macaco defumado que ele mastiga desde que saiu da aldeia. O macaco é ágil e astucioso. É a segunda característica que lhe interessa. Deixa para os outros a carne dos caprinos e das aves e prefere sem sombra de dúvida os grelhados de javali, animal tão pouco afável quanto inapto à ternura e difícil de capturar.

Como aos outros membros de seu clã, não lhe é permitido comer leopardo. Esse animal é o guardião do seu povo. É o senhor da mata, aquele ao qual os ancestrais mulongo, ao se instalarem nas terras atuais, foram obrigados a oferecer vidas humanas em sacrifício antes que lhes fosse permitido viver em paz em seu novo território. Bem entendido, Mutango se permitiu, algumas vezes, transgredir essa regra. Não apenas para saber que gosto teria a carne do leopardo. O que desejava era adquirir o poder do animal. Pensar como um leopardo. Ser tão capaz de crueldade quanto ele. Ter consciência e se satisfazer com a solidão. Não se prender a ninguém... Não foi fácil, quando o fez, conseguir a carne do animal sagrado. Na primeira vez, Mutango, então com vinte anos, corrompeu o melhor caçador de seu clã, prometendo-lhe o hímen de uma das filhas do chefe — seu pai, dele e de Mukano. Seu povo não dá importância à virgindade das mulheres. Depois de serem submetidas, na adolescência, a uma iniciação teórica ao prazer, elas são convidadas a pôr em prática os ensinamentos recebidos das mais velhas, de preferência antes do casamento. É impensável que uma mulher, dada a um homem, se pergunte o que fazer na intimidade. No entanto, aquele que vai se tornar o homem de confiança do jovem Mutango, alimenta fantasias a respeito da estreiteza da vagina das virgens e quase perde a razão quando alguém lhe garante que ele será o primeiro a possuir o corpo de uma princesa. Correndo para isso todos os riscos, entrega o cadáver ainda quente do senhor da mata. Mutango agradece e lhe entrega um odre cheio de *mao*, antes de observá-lo desabar sob o efeito do sedativo dissolvido na beberagem. Planta a lâmina curva de seu facão no peito do caçador, arranca o coração que ainda palpita, rasga com os dentes um pedaço do órgão, recolhe numa cabaça o sangue que engole — mesmo prendendo a respiração —, a cabeça fervilhando com uma ladainha de encantamentos. Em seguida, o rapaz que ele é na ocasião se dedica sem pressa a desmembrar o leopardo e a separar um pouco da carne da qual se alimenta em segredo, não absorvendo, durante vários dias, qualquer outro alimento. Como recordação daquele grande momento, ele conserva os caninos do animal num talismã por ele mesmo fabricado. Ocultas sob camadas de casca de *dikube*, elas repousam num amuleto achatado, de forma quadrada, que ele exibe sobre o amplo tórax.

  Recheado de carnes proscritas, o assassino usou luto por sua vítima. Como o resto da comunidade, assistiu ao funeral, gemeu enquanto os mais velhos enterravam um tronco de árvore simbolizando os restos que ninguém havia encontrado. Depois disso, Mutango esperava que o invisível se pusesse a seu serviço e o instalasse no tamborete de autoridade. Continua a esperar. Mais de uma vez o gordo pensa que alguém, na família materna do irmão, também recorreu às forças ocultas. Não há outra explicação para o seu fracasso. Mukano é o chefe desde aquela época porque alguém fez correr sangue a seu favor. Alguém sujou as mãos por ele. Ele pode ir quantas vezes quiser à sua morada, injuriá-lo quando encontra uma de suas filhas em sua cama, aquele hipócrita não é melhor do que ele. Aliás, se Nyambe considerasse repreensível o desejo de um pai pela sua prole, então não teria permitido que a haste do homem endurecesse ao ver passar uma criança nascida de seus próprios atos. Tudo o que existe é resultante do divino. O Bem e o Mal são contingentes. O Bem, o que é permitido, se desenvolve. O Mal é o resto.

    Sonhando com o dia em que empunhará o bastão de comando — e não só o de mensageiro que lhe é entregue quando vai comerciar com os bwele —, Mutango se diz que dará fim àquele sentimentalismo que seu irmão faz de conta que é moral. Será uma nova era, tão brutal quanto a realidade. O poder se transmitirá de pai para filho. Se o chefe tiver dois adolescentes da mesma idade, ambos serão submetidos a provas para desempatá-los. Será escolhido aquele que tiver demonstrado ausência de emotividade e capacidade de impor seus pontos de vista. O fim sem dúvida justificará os meios. Depois de cuidar para que os guerreiros sejam ainda melhor preparados, ele os enviará para descobrir as regiões que hoje se privam de explorar. Todos sabem que a terra não se limita apenas aos litorâneos, os bwele e os mulongo. Todos sabem, porque a história da migração dos mulongo ainda é contada aos jovens iniciados. Ele irá ver. Conquistar novos territórios. Ampliar o poder do seu povo. Rivalizar com os bwele. Dominá-los um dia, por que não? Quando lhe vem essa ideia, o homem lança um olhar agudo ao companheiro.

Diante do abrigo de caça, Bwemba parece se interrogar sobre como poderão os dois passar a noite lá dentro. O outro o tranquiliza:

— Não se preocupe, filho de Bwele, eu dormirei ao relento.

O caçador não insiste, desaparece no fundo da cabana. Por sua vez, Mutango inspeciona o local. Encontra, nas proximidades, uma árvore de grandes galhos. Não é a estação das chuvas, mas ele prefere se instalar debaixo de um teto. Deita-se na própria terra rugosa, serve-se da sacola para apoiar a cabeça, fecha os olhos, interroga-se por um instante a respeito da quantidade de abrigos disseminados pela mata. Os mulongo têm um, um único, do qual ele se serve quando de suas viagens à terra dos bwele. Sendo os últimos mais numerosos, é possível que disponham de várias habitações de apoio como aquela.

O dignitário afasta tais futilidades, mas não adormece de imediato. Pergunta-se o que terá sido dito, naquela manhã, durante a reunião do Conselho. Seu irmão sem dúvida pediu que fossem buscá-lo. Não lhe será possível fazer com que acreditem, subornando os guardas colocados à entrada da aldeia, que ele não deixou as terras do clã. Precisa de uma desculpa. Vai encontrá-la.

*

O dia se foi. O crepúsculo é tão escuro quanto o meio da noite. Nem um só raio de luz se filtra entre os galhos das árvores ao redor, cuja folhagem se dobra ao sopro do vento. Mutango não encontra o sono. Do abrigo de caça, os roncos de Bwemba lhe chegam como uivos lançados para desafiar a eternidade. Como pode um corpo tão pequeno emitir tal escarcéu e com tamanha constância? É coisa das mais misteriosas. O homem tenta fixar seus pensamentos num ponto definido, sem conseguir. Uma angústia incomum o assalta, a ele, cujo coração nada abala. Ele se sente invadido por uma presença cuja espessura o envolve, mantendo-o na terra.

Mutango se debate, chama o companheiro. O caçador, sem dúvida ensurdecido pelos próprios roncos, não o ouve. Mutango se controla, tenta descobrir a verdadeira natureza do que o assombra. Volta-lhe à lembrança da escuridão que, ao amanhecer, encobria a casa daquelas cujos filhos não foram encontrados. Se deu alguma interpretação do fenômeno aos membros do Conselho reunidos em seus aposentos, foi sem tê-lo compreendido. Ali deitado no chão, tem a intuição de que aquela sombra matinal e a força que o impede de se mover estão ligadas. Como não consegue se mexer, concentra-se para que seu espírito, que não pode ser preso, escape e observe. O olho da mente tudo vê e tudo ouve. A vizinhança de árvores como o *bobinga* e o *bongongi*, conhecidas por suas virtudes místicas, é uma ajuda preciosa. Mutango saberá o que enfrenta. Não fugirá à batalha, se houver uma. E depois voltará à sua carne.

O notável se mantém tranquilo, a fim de que seu adversário, seja qual for, não adivinhe suas intenções. Sair do corpo pode levar tempo. Os riscos seriam grandes, caso seu atacante tomasse consciência de sua estratégia. Para si mesmo, o homem recita as palavras que permitem à alma se separar do corpo. Está apenas no começo da ladainha quando uma voz se dirige a ele. Ninguém além dele a ouve, e não apenas porque Bwemba dorme a sono solto. É uma consciência que fala com a sua. À medida que tal proposição se insinua nele, Mutango percebe que é trazida por um coro. Tudo acontece bem depressa.

— Tio — interrogam-no, — por que você caminha com aquele ali? Não sabe que os bwele lançaram suas redes sobre nós?

Mutango abre os olhos para o negrume que banha a mata. A angústia se foi. Não se sente mais preso ao chão. Ouviu com clareza aquelas palavras, o desespero mesclado de cólera que exalavam. Não entregando sua confiança a ninguém, com certeza não a Bwemba, convoca agora o invisível, para que o sono não o domine. Seu companheiro de viagem lhe esconde alguma coisa, Mutango está convencido. Pensava enganá-lo oferecendo um facão sobre o qual o ministro mulongo dos Cultos não realizara ritual algum, mas parece que o caçador bwele o iludiu de alguma maneira mais séria. Precisa daquele homem, entrará com ele em território bwele. O essencial é permanecer acordado, para o caso de Bwemba ter planejado assassiná-lo.

O filho de Mulongo se levanta. Para evitar deixar-se levar pelo sono, não se deve ficar deitado. O tempo é longo até a aurora, quando se porão em marcha. A noite já se instalou, não é hora de pensar num passeio. Encosta-se à árvore que deveria abrigar seu repouso, fica atento aos ruídos. Talvez a voz se manifeste outra vez. Aguarda. Aquela frase furtiva era estranha, parecendo emanar de uma multidão. O notável toma cuidado para não deixar sua imaginação à deriva, mas alguma coisa se agita dentro dele. Conhece aquela voz. Cada uma das vozes que, em uníssono, lhe deram o título de tio. Em princípio, espíritos não teriam razão alguma para lhe falar assim. A lembrança da escuridão pairando sobre a casa o assalta mais uma vez.

Com os olhos, examina o entorno, tentando dissociar as sombras umas das outras: aquelas devidas à noite, as que viriam de outra fonte. É impossível. Está escuro demais. Mutango renuncia à ideia de fazer uma fogueira, por medo de acordar o caçador que, não o vendo dormir, poderia ter suspeitas. O sentido da visão de nada lhe servirá. É preciso ouvir, sentir. A fim de aumentar e manter sua concentração, fecha os olhos, deixa os músculos relaxarem. Uma vez instalado naquela modorra e com a respiração lenta e regular, suas faculdades se fortalecem. O homem se torna poroso a todas as coisas, une-se ao menor elemento presente na mata.

Mutango ouve o que em geral escapa aos humanos: as conversas de uma colônia de formigas, os besouros pondo ovos, o crescimento de minúsculos tufos de grama. Sente. Não apenas a brisa que saltita sobre a espessa folhagem das árvores, nem o vagarosíssimo rastejar da terra sob seu traseiro e coxas que repousam esticadas no chão. Há também a sombra, aquela sombra que não é a noite, que vibra no coração da escuridão noturna. É gelada. Tudo está vivo, naquele lugar. Tudo, salvo aquela sombra. Os que a compõem, pois há nela uma multidão, pertencem agora a outra dimensão. Contam uma aventura cujo relato Mutango ouve com interesse, descobrindo que não é dedicado apenas a ele. Naquele mesmo instante, é possível que outros recebam aquelas palavras. O homem dedica toda a sua atenção àqueles que se dizem agora prisioneiros do país da água.

*

O dia ainda não chegou à metade quando chegam às portas de Bekombo, a grande cidade dos bwele. Mutango está longe de ser tão ágil quanto seu companheiro, que precisou desacelerar a cadência de seus passos. O céu exibe aquele tom violáceo que anuncia a entrada do sol nos subterrâneos, quando os dois homens se apresentam diante dos guardas postados à entrada da cidade. Os controles são rápidos. Um dos que chegam é do país, bem conhecido. O outro vem com frequência àquelas terras, já o viram, lançam um olhar distraído a sua máscara-passaporte. Seu companheiro e ele se afastam, enquanto os homens da guarda trocam piadinhas.

Bwemba sugere que o filho de Mulongo vá dar conhecimento de sua chegada aos homens da rainha. Ele não poderá apresentar-lhe suas homenagens naquela noite, mas os estrangeiros de alta estirpe devem se apresentar à corte. Quando ambos entram na artéria central da cidade, Mutango não pode se impedir de admirar a arquitetura, aquelas construções cujas fachadas e telhados em terra são decorados com frisas pintadas com cuidado. Ele contempla as portas em ébano, uma madeira escura com a qual não se trabalha em sua aldeia porque os seus a associam com o poder das trevas. Reflete que é incontestável que as forças do obscuro tenham qualidades, se a matéria que as simboliza se apresenta com tamanha elegância.

O gordo observa também os trajes das poucas pessoas ainda por lá, a perfeição do trabalho dos artesãos bwele, que fazem maravilhas com seus instrumentos de fiar o *esoko*. Em sua terra, os tecidos mais delicados são apenas batidos, o que não requer a mesma engenhosidade. Mutango de repente se sente um pouco ultrapassado, com o aspecto de um maltrapilho. O traje de caça de seu companheiro fizera com que se esquecesse da arte têxtil dos bwele. Tranquiliza-se dizendo a si mesmo que, apesar de tudo, os mulongo são mais hábeis no trabalho com as peles. Os chefes de sua comunidade possuem, para prová-lo, um traje de cerimônia em leopardo, chamado *mpondo*. Aquela vestimenta é tão bela que confere presença e autoridade a quem o veste. Mesmo quando se trata de um indivíduo tão insignificante quanto seu irmão Mukano. Num dia que não tardará, o homem tem certeza, ele vestirá o *mpondo* e segurará com mão firme o bastão de comando. Sente-se próximo, muito próximo daquele objetivo. Uma voz ecoa dentro dele, afirmando que aquela incursão inesperada em terras bwele é um ponto de reviravolta, um desses momentos que permitem que o destino se cumpra. Mutango reflete a respeito e infla o peito, como para acolher as honras devidas à sua grandeza.

Sim, ele será em breve o chefe dos mulongo, seu peito será marcado com as escarificações rituais que, inscrevendo na própria carne o laço imaterial que une todo chefe do clã àqueles que o precederam, recordam-lhe diariamente que sua existência pertence à comunidade. Quem quer que tenha sido gerado traz em si os vivos e os mortos. Pois a divisa dos mulongo não é "Eu sou porque nós somos"? Ao passar por um tecelão ocupado em arrumar seu material, o dignitário para, observa o instrumento que permite a fabricação do tecido em *esoko*. Então, alguma coisa o atinge, e o deixa indignado. Ele se dirige a Bwemba:

— São então os homens que fazem este trabalho?
Seu companheiro diz que sim, e explica:
— Outrora, a função se transmitia apenas entre os homens de uma mesma família. Hoje, é uma simples profissão, que se aprende com um mestre. Este aqui está arrumando suas coisas porque a noite chega. É proibido tecer depois da partida do sol.

Mutango distingue mal as partes da profissão de tecelão, tenta avaliar as dificuldades de uma atividade que, para ele, deveria pertencer às mulheres. Um homem tem mais o que fazer. Enquanto o artesão apressa o passo para contornar a bancada e penetrar em sua morada cuja entrada se encontra ao lado, o dignitário mulongo pensa nos tempos vindouros: ele dominará aquele povo, e restituirá aos homens suas prerrogativas naturais.

Ao fim de uma caminhada longa demais para Mutango, que não sente mais as pernas depois de ter atravessado a mata, os dois chegam em frente à concessão real. A calma não reina no local. Prepara-se uma audiência da rainha, o que não é comum no final do dia. O evento não pode ter lugar agora, é muito tarde. No entanto, se os preparativos já estão em curso, é que Sua Majestade se sentará em seu tamborete de autoridade às primeiras luzes do dia. Os dignitários bwele, reconhecíveis por seus trajes, penteados, adornos e escarificações, foram convocados. Ordens são dadas aos serviçais afobados, pouco habituados a audiências extraordinárias. O domínio real é um terreno circular rodeado por uma cerca de terra. No interior, oito construções em forma de cúpula estão erigidas de modo a acompanhar o traçado do muro limítrofe. Quatro dessas edificações são de grandes proporções. Abrigam a família da rainha ou seus conselheiros mais próximos. Três outras, de menor envergadura, são reservadas aos serviçais. Uma última acolhe os visitantes de alta estirpe. É lá que Mutango deveria passar a noite.

A morada da rainha distingue-se por ter circunferência e altura ligeiramente superiores às das habitações da nobreza. O tumulto atinge o ápice no centro do pátio, diante das portas abertas das casas que parecem velar umas sobre as outras. Os serviçais alinham à cariátide os tamboretes nos quais tomarão lugar eminentes personalidades e desenrolam, entre as duas fileiras de assentos, uma tela em *esoko* que tem a particularidade de ter sido bordada pelas mulheres bwele. O notável mulongo se espanta ao vê-las colocar o pano diretamente no chão. O caçador explica que aquele têxtil não é concebido para vestimentas. Aquele tecido, confeccionado como todos os outros pelos homens, é considerado ao mesmo tempo um elemento do mobiliário e um objeto decorativo. Uma vez fabricado pelos tecelões, é confiado a uma determinada categoria de mulheres — ele não diz qual — encarregadas de bordar enfeites conforme sua fantasia.

O homem não tem certeza de compreender tudo: de onde ele vem, os artesãos são, sem dúvida, muito ciosos da beleza de suas obras, mas ela é condicionada à adequação entre o objeto e seu significado profundo. É exatamente isso que lhe escapa, aqui: o sentido. Sem fazer mais perguntas, ele deduz que seu interlocutor não lhe conta tudo e continua a observar aquele pano criado para que se ande sobre ele, como se a terra não fosse boa o bastante, como se não fosse mais absolutamente primordial manter com ela laços poderosos. Quando o caçador acrescenta que o tecido em questão é também utilizado para envolver os corpos dos nobres antes de sua colocação na terra, o homem gordo desiste de entender. Não se pode consagrar o mesmo material a usos tão distintos, é absurdo. Ninguém parece se interessar pelos recém-chegados. O notável interroga o companheiro:

— O que está acontecendo aqui?

Antes que qualquer resposta lhe possa ser dada, um dos nobres bwele exclama:

— Tragam-no aqui! De modo algum ele pode se apresentar perante Njanjo neste estado.

E, virando-se para uma mulher de sua casta, acrescenta:

— Estamos entendidos, é preciso pintar-lhe o rosto, o torso e os membros superiores. Caso contrário, a autoridade de nossa soberana se veria diminuída...

Alguém sugere que a medida parece exagerada. Entre os litorâneos, aqueles indivíduos são recebidos como se apresentam, o que não impede que se trate com eles de igual para igual.

— É você quem fala de igualdade — retruca aquele cuja proposição acaba de ser contestada. — Quanto a mim, afirmo que nossos irmãos da beira d'água não são insensíveis à aparência dos estrangeiros vindos de *pongo*. Se nos referirmos à sua compleição, só podem se tratar de espíritos, sem dúvida de fantasmas, e não dos nossos.

Não é concebível deixar a rainha se emocionar perante aquele personagem. O simples fato de que ele tenha chegado até lá sem anunciar sua vinda já basta para demonstrar que o estranho acredita que tudo lhe é permitido. Em princípio, os litorâneos que os hospedam deveriam ter enviado um emissário aos bwele e anunciar o caprichoso desejo de ir e vir que tomou conta de seu convidado.

— Eles lhe deram uma escolta de quatro homens cujo destino será decidido mais tarde. O que importa, no momento, é o fato de não se terem dado ao trabalho de lhe providenciar um passaporte formal. Nada sabemos a respeito dessa pessoa. Nada. Sendo melhor prevenir, afirmo: o indivíduo aparecerá manietado perante Sua Majestade. Seus dentes serão limpos, uma vez que ele não parece conhecer tal prática. E, sobretudo, uma coloração lhe será aplicada, a fim de lhe dar figura humana.

Njanjo deve permanecer senhora de si para tomar decisões que abrangerão todo o povo bwele.

— Tragam-no — inflama-se outra vez o dignitário. — E tragam também a tinta! Proponho pintá-lo dos pés à cabeça, é mais seguro.

É então que se ouve uma voz de mulher. O caçador e seu companheiro mulongo não a viram observá-los. Contudo, ela lá está desde o começo, encostada num dos grandes pilares limitando a entrada da concessão, longe do frenesi. Encarando os dois homens, ela emite um alerta:

— Atenção! Não podemos levar adiante tal ato na presença de qualquer um. Há aqui um intruso...

Um silêncio tão pesado quanto um tronco de *buma* se abate sobre o local. Os olhares convergem para Bwemba e Mutango. O caçador se ajoelha em sinal de respeito perante a mulher que acaba de falar, curva-se até que a testa encoste na poeira e se mantém por muito tempo naquela posição. Seu companheiro fica boquiaberto diante daquele sinal de submissão de um homem a uma mulher. Sem se levantar, Bwemba puxa com força a *manjua* do notável, obrigando-o a também se abaixar. Mutango consente em dobrar um dos joelhos, depois o outro. No entanto, alguma coisa dentro dele não consegue se decidir a se prostrar. A voz rouca e metálica do caçador lhe chega como em sonho:

— Eu a saúdo, princesa Njole. Perdoe a intrusão deste homem. Eu desejava apresentá-lo à corte, como exige nossa lei... Este é o preposto ao comércio dos mulongo... Eu ignorava...

A interpelada lhe corta a palavra:

— Você não tinha como saber. Excepcionalmente, você deverá hospedar nosso convidado sob o seu teto. Ele se apresentará à corte amanhã. Saberemos então dar-lhe testemunho de nossa deferência.

Bwemba sacode a cabeça em sinal de assentimento. Sempre de joelhos, recua alguns passos antes de se permitir ficar de pé. Mulongo, por sua vez, não moveu um dedo. Mesmo que quisesse, lhe seria de todo impossível executar semelhante manobra. Recuar quando se está ajoelhado requer um preparo mental que ele não possui, mas esse não é o único problema. O homem não se sente fisicamente qualificado nem mesmo para tentar imitar o caçador, evitando cobrir-se de ridículo. A bem da verdade, ignora se lhe seria possível voltar a se apoiar nas pernas sem nelas se enrolar. Assim, Mutango permanece imóvel sob o olhar travesso da princesa Njole. Ao fim de alguns instantes, a mulher bate palmas e faz sinal a dois serviçais:

— Queiram ajudar nosso vizinho a se levantar. Bwemba, você o deixará sob a guarda dos seus familiares, que se encarregarão do seu conforto. Espero você ao raiar do dia. Sozinho.

*

É a primeira vez que Mutango é recebido numa morada bwele. Seus encontros com Bwemba se limitaram, nos dias de mercado, a discussões na praça destinada ao comércio, naquela cidade de Bekombo. Se ele não tivesse tomado a iniciativa de pedir um favor ao companheiro, as coisas não teriam ido muito mais longe. Naquela noite, ele foi confrontado com uma realidade da qual algumas vezes suspeitara, sem de fato pensar muito a respeito. Bwemba, o anão, é um homem respeitado no seio de sua comunidade. Sua concessão, cercada como são as das pessoas pertencendo a um nível social elevado, comporta três casas de tamanho médio e uma pequena. A última abriga serviçais que, ao vê-lo, se atiram a seus pés. Com um gesto negligente da mão, ele os convida a se levantarem e lhes dá instruções. Mutango descobre com prazer a atitude humilde das esposas do caçador na presença do marido. São duas, que vêm ao seu encontro, ambas saindo de seus aposentos. Não chegam ao ponto de se ajoelhar perante os homens, mas é com doçura que o saúdam:

— Nosso homem, seja bem-vindo à sua casa. Boas vindas, também, ao estrangeiro.

Enquanto Bwemba explica quem é seu convidado e por que razão deve passar a noite naquela casa, Mutango examina sem vergonha as mulheres, apalpa suas carnes com o olhar, avalia o peso de seus seios, alegra-se por haver pelo menos um recinto no qual elas devem se submeter. Tochas, fixadas à fachada das habitações, clareiam bastante bem o pátio para que o notável mulongo se entregue sem problemas a suas observações. A voz do anfitrião tira-o de seus pensamentos:

— Eu o deixo entre as mãos delas. Nós nos veremos amanhã, depois de minha entrevista com a princesa. Sobretudo, aguarde minha volta.

Ele se afasta a passinhos rápidos e se dirige para a habitação principal, situada no centro da concessão. As mulheres convocam seus serviçais, acrescentam instruções àquelas antes formuladas pelo marido e dão as costas a Mutango, que se vê, não entre as mãos delas, mas sob a responsabilidade dos empregados domésticos. Conduzem-no à menor das construções e lá lhe indicam o aposento preparado para ele. Há ali uma cama em madeira crua, com um apoio de cabeça ligeiramente inclinado e uma cadeira de espaldar largo.

— Estrangeiro — lhe dizem, — nós lhe traremos com que se refrescar e fazer suas abluções antes de entrar na noite.

Deixado a sós, o homem contempla a mobília, procura com os olhos uma esteira, não encontra. Será então preciso se contentar com aquela cama, o que o aborrece. Ignora, na verdade, quantos outros descansaram ali o corpo, para que sonhos o apoio de cabeça irremovível encaminhou seus espíritos. Os bwele são muitos, poderosos e competentes, mas há ainda coisas que devem aprender, quanto às leis que regem a vida. Para não correr riscos, ele usará o móvel de maneira pouco usual, descansará os pés no apoio de cabeça e, para ela, se servirá de sua sacola, como fez na mata. Uma vez resolvida essa questão, Mutango caminha devagar por todo o cômodo, examina-o nos mínimos detalhes. Satisfeito por nada haver percebido de suspeito, senta-se na ponta da cadeira. Os serviçais voltam. Do lado de fora, pedem permissão para atravessar a porta.

Ele se levanta para abri-la. Dois jovens, uma moça e um rapaz que ele não se dera antes ao trabalho de olhar, lá estão. A moça traz um prato fumegante, contendo um molho de folhas e tubérculos. Traz também uma cabaça cheia d'água. O rapaz apresenta-lhe o que parece um tecido dobrado. É ele quem fala primeiro, lábios retorcidos num ricto de desaprovação:

— Estrangeiro, vou me permitir refrescar seu... traje amanhã. Você o deixará sobre o leito e vestirá este aqui — diz ele, estendendo-lhe o tecido.

Sua companheira conclui:

— Quando tiver terminado de comer, apenas deixe o prato em frente à porta.

Entrando no cômodo, ela coloca o prato e a cabaça junto à cadeira e sai da casa, dizendo:

— Estamos ao lado. Bastará nos chamar. Que a escuridão lhe seja agradável.

A porta bate, deixando Mutango pensativo. Os traços daqueles dois serviçais lhe parecem diferentes dos bwele que costuma encontrar. Devem vir de uma das inúmeras regiões do país que ele jamais percorreu. A bem da verdade, o assunto não o apaixona. Está com fome, sente-se cansado depois de ter passado a noite inteira em vigília e começado a andar antes do dia. Nenhuma surpresa, já que não havia dormido, lhe ter sido impossível avançar tão depressa quanto o companheiro. Desdenhando a cadeira, senta-se no chão para degustar a refeição. No momento exato em que mergulha a mão no prato, volta-lhe à mente uma frase, cujo eco enche o cômodo:

— Você não sabe que os bwele lançaram suas redes sobre nós?

Seu estomago ronca. Mas ele não prova a comida, lava as mãos. Um olhar para a sacola mostra-lhe que ainda tem carne defumada suficiente para meio dia de marcha em direção à sua aldeia. Ele ignora o desenrolar das coisas, prefere reservar para mais tarde os pedaços de macaco que escolheu com tanto cuidado. Não será esta noite que descansará. Não seria prudente adormecer quando os espíritos lhe recomendam a desconfiança em relação aos bwele.

As paredes de terra não oferecem abertura alguma para o exterior, além da porta encostada. Se fechar os olhos, ele não saberá nem mesmo se o dia nasceu. Bwemba não virá procurá-lo antes de se apresentar perante a princesa Njole. Os serviçais não ousarão perturbar seu repouso e as mulheres do caçador nem de longe se preocupam com o seu destino. A única solução é vigiar mais uma vez. O gordo se levanta, dá alguns passos pelo aposento, presta atenção ao que ouve, na esperança de captar um ruído no qual poderia se concentrar. Nada. Apoderando-se do traje que lhe foi entregue, começa a desdobrá-lo. De repente, lhe vem a ideia de que não se faria notar, se o usasse. Alguns amuletos que jamais o deixam talvez o traíssem, mas mal seriam vistos de longe, naquele país onde os adornos podem se revelar de rara extravagância.

O homem se desembaraça de sua *manjua*, enrola o tecido em torno dos amplos quadris, reflete por um instante, decide não deixar a sacola. Abrindo com precaução a porta, examina o pátio com olhos atentos, pensa no que dirá se alguém o surpreender: um desejo urgente. Não há ninguém quando ele sai, atravessa o pátio, dirige-se à habitação principal. Mutango contorna toda a edificação antes de encontrar o lugar no qual passará a noite, instala-se onde ninguém desconfiará de sua presença, fora do alcance da visão daqueles que vivem nas três outras casas. Se, por infelicidade, adormecer, ouvirá pelo menos o caçador sair de casa.

*

Um canto de pássaro o desperta. O homem dormiu como um recém-nascido, encostado a um lado da casa, a sacola no colo. Com certeza teve um sonho, talvez vários. Tudo apagado. Mau sinal. Em seu povo, acredita-se que aquele que não sonha deixou de viver. O que o deixa bem mais inquieto é talvez ter perdido a partida do seu anfitrião. O sol ainda não fez do céu seu domicílio, nem dissipou as sombras noturnas que se demoram, como presenças intangíveis, embora bem reais. Isso não basta para tranquilizá-lo. Ele sabe que o caçador sairá antes do dia, para encontrar a princesa Njole. Seu instinto lhe diz da importância dessa entrevista. Enquanto ele se pergunta como penetrar sozinho do domínio real e encontrar, sem ser visto, os aposentos da princesa, um rangido se faz ouvir. A porta da casa se abre para o pátio. O senhor das moradas chama um serviçal, pede algo para comer. Mutango, que se mantinha a postos para pular e se ocultar atrás das árvores ali plantadas, espera que o homem volte para dentro.

Avançando um pouco, vislumbra o doméstico que desaparece na pequena casa da concessão. Sem perder tempo em refletir, Mutango arrisca tudo, corre até a saída. Seus pés impiedosos desenham uma pista na poeira. Pareceria que dois ou três elefantes haviam apostado corrida. Por sorte, uma brisa matinal faz com que as partículas de terra se ergam e rodopiem, apagando o formidável rastro de seus passos. Nunca ele havia corrido daquela maneira, ventre no chão, o vento assobiando em seus ouvidos, agarrando com uma das mãos a ponta de seu traje. Uma vez lá fora, tem a impressão de que seu coração sobe até a garganta, que seus pulmões são sacos vazios na caixa torácica.

Titubeando na direção de um arbusto espinhoso que cresce ao longo do caminho, o notável mulongo dissimula como pode seu corpo enorme e tenta recuperar o fôlego em silêncio. Acariciando a sacola, felicita-se por não tê-la deixado para trás. Em pouco tempo, sua ausência será percebida, considerada uma afronta. Seu anfitrião lhe pedira para não sair da concessão sem que se vissem. Mutango sabe que não poderá voltar. Os poucos pedaços de macaco defumado que lhe restam serão de grande ajuda. Naquele momento, constituem seu único patrimônio.

A cidade ainda está mergulhada na escuridão quando o caçador sai. O homem, que voltou a vestir o traje dos homens de seu povo, surge com a cintura coberta de pérolas e grãos. A lâmina larga e arredondada de um facão cerimonial presa ao cinto lhe cai sobre o alto da coxa direita. Seu brilho é tamanho que se poderia crer numa estrela caída do céu. Bwemba leva ainda um canivete de três lâminas, sendo duas curvas. A terceira, menor, tem a forma de uma ponta de lança. Fica bem perto do cabo, deixando pouco espaço para a mão. O simples fato de segurar uma arma daquelas requer sangue-frio. Mutango não se deixa impressionar. Seus olhos se fixam nas correias de couro que se cruzam no peito e nas costas do caçador.

Deixa-o se adiantar um pouco, segue-o escondendo-se o melhor que pode atrás dos arvoredos, dos celeiros próximos às habitações. Os dois homens passam por casas fechadas. Às vezes, ouve-se uma voz, barulho de utensílios de cozinha se entrechocando, choro de crianças. O caçador para diante de uma concessão cercada por um muro. Aquela proteção indica a alta posição dos que vivem ali. Entretanto, o gordo tem certeza, não se trata do domínio real. A morada em frente à qual está Bwemba tem como vizinhas habitações absolutamente comuns. Quando o caçador penetra no pátio, Mutango não sabe se também deve entrar ou se aguarda que o homem saia e continue seu caminho até o domínio real. Aproximando-se da entrada, ele constata, e isso o intriga, que o muro não abriga várias casas e sim uma única construção, aliás um tanto pequena, que não pode servir de morada a pessoas de alta casta.

Não há guardas à vista, nem tochas cujas brasas, agora frias, teriam servido para a iluminação noturna. Difícil crer que ninguém mora ali. O notável mulongo se esgueira com cuidado. Bwemba bate à porta, parece dizer alguma coisa, afasta-se, contorna a casa. Logo surge uma silhueta feminina. Sem de fato reconhecê-la — está longe demais para tanto —, Mutango compreende que o decoro proíbe que a princesa e o caçador se encontrem a sós num espaço fechado. Para que a honra seja preservada, seu conciliábulo terá lugar ao ar livre. É hora de se aproximar e descobrir o que se trama.

A princesa, pois é bem dela que se trata, está sentada em frente ao caçador. Ambos estão instalados atrás da casa, debaixo de um alpendre sustentado por altos pilares. Lá, Bwemba se entrega ao mais espantoso dos relatórios, tanto que Mutango precisa morder a língua para nada dizer e se controlar para não lhe pular em cima.

— Eu agi conforme o combinado, Alteza — diz o caçador. — O preposto ao comércio dos mulongo quis saber o que havia acontecido com os homens que capturamos. Ele é um homem astuto. Por isso não me fez a pergunta nesses termos, contentando-se em me perguntar se eu não tinha visto passar em nossas terras uma fileira de homens. Eu respondi. Ele me ofereceu um facão, fazendo-me acreditar que seu Ministro dos Cultos fizera o necessário para carregar a arma. Ora, ele mentia...

A mulher balança a cabeça.

— Então não podemos entregar nossa confiança a esse indivíduo para realizar o que projetamos. Aliás, por que ele está aqui?

O caçador dá de ombros. Não imaginava que o notável mulongo quisesse segui-lo. Ele começou a se animar ao ouvir falar dos homens de pés de galinha, enfiou alguma fantasia na cabeça.

Era hora de voltar à aldeia. Inútil tentar ver a rainha Njanjo, com certeza informada de tudo aquilo. De qualquer maneira, para empreender uma eventual viagem ao país litorâneo, ele não deve, de modo algum, estar sozinho. Seria loucura tentar. Quando se prepara para dar meia-volta, um pedaço de metal pontudo o cutuca abaixo das costas. Uma voz feminina ordena:

— Andando!

Ele é empurrado para o alpendre. Naquele instante, todos os sortilégios aprendidos, muitas vezes repetidos, desaparecem. Mutango nada sente além da fome que lhe torce os intestinos, enquanto um único pensamento ecoa dentro dele:

— Você não sabe que os bwele lançaram suas redes sobre nós?

*

Mukano e sua guarda pessoal deixaram as terras mulongo ao raiar do dia. Os últimos vestígios da noite mal se haviam dissipado quando tomaram a estrada para *mbenge*, em direção ao país bwele. O crepúsculo interrompeu seu avanço. Retomaram a marcha logo após o retorno da claridade, pouco comeram, nada se disseram. A tensão é palpável, à medida que se aproximam do território bwele. A cidade de Bekombo ainda não é visível, mas em pouco tempo chegarão lá, quando o sol estiver em seu zênite. O chefe se sente tomado por uma ansiedade que deixa seus passos mais pesados. Tenta se concentrar em detalhes: o valor dos presentes escolhidos para a rainha Njanjo, a qualidade das palavras que pronunciará quando em sua presença. Os homens que abrem a comitiva param bruscamente. Ele se prepara para repreendê-los quando compreende o motivo.

Uma coluna de guerreiros bwele lhes barra o caminho. Aquele que a comanda usa na cabeça um capacete com uma grande viseira, cravejada de pérolas. Ele dá uma ordem simples, num tom que não admite réplica:

— Prendam-nos!

Em vão Mukano invoca sua posição e o caráter inconveniente de tal atitude em relação a vizinhos pacíficos. Seus homens e ele são despojados de suas armas e dos presentes trazidos para Njanjo. Amarrados, são instados a avançar. Por pouco não os amordaçam.

— Ordens da rainha — é a única resposta suscitada por seus protestos.

O chefe do clã mulongo pergunta-se que forças estarão em jogo, para que seja tratado daquela maneira. Terá cometido algum erro? Será aquela a punição de Nyambe pela demora na procura dos homens desaparecidos de sua comunidade? Lágrimas caem sobre suas maçãs do rosto. Ele não ouve os comentários da população bwele quando seus homens e ele pisam o chão de Bekombo. As zombarias dos adolescentes, as perguntas das crianças pequenas às mães, nada chega até ele.

São conduzidos ao domínio real. Uma audiência extraordinária foi ali realizada, pela manhã. Dignitários vindos de todas as regiões do país ainda se encontram presentes. No momento em que os prisioneiros mulongo penetram na ampla concessão em que vivem a rainha e seus próximos, Mutango lá está ajoelhado. Tem as costas e as panturrilhas ensanguentadas, o rosto intumescido. Está cercado por mulheres munidas de aljavas e arcos, enquanto a princesa Njole se dirige à assembleia.

— Este aqui foi preso ao nascer do dia. Havia penetrado na residência das arqueiras. Acreditamos tratar-se de um espião enviado por nossos vizinhos. Assim, nós o interrogamos. Por enquanto, não obtivemos sua confissão. Mandei vigiarem as vias de acesso ao nosso território, para o caso de que outros viessem sem serem esperados.

Ela se cala ao ver o grupo de estrangeiros que é trazido. Para os bwele, nada mais precisa ser dito. Os mulongo estão mal-intencionados. Ainda assim, permitem que se exprimam. Mukano recusa-se a falar enquanto não for libertado das amarras. Até aquele dia, seu povo nunca foi culpado do menor ato que justificasse aquilo. Não olha para o irmão, que suplica:

— Em nome do que nos une, diga a estas pessoas que eu não fiz nada!

A voz do homem gordo não passa de um frágil sopro.

O chefe dos mulongo olha para a frente, cabeça erguida para a rainha Njanjo, a seus olhos a única pessoa digna de receber suas palavras. Foi ela que veio encontrar. Se aqueles instantes forem os últimos durante os quais exercerá sua função, ele se comportará como *janea* até o fim. Que não seja dito, quando essas histórias forem transmitidas às gerações, que Mukano se dobrou diante da injustiça. Que não seja dito que, uma vez diante da rainha dos bwele, ele não ousou questioná-la a respeito dos doze desaparecidos. O chefe dos mulongo aguarda. Seus homens copiam sua atitude. Silenciosos, plantam com firmeza os pés na terra, levantam a cabeça. Nenhum baixa os olhos na direção de Mutango, que continua a se lamentar.

Njanjo se levanta. É uma mulher pequena, mas emana dela uma autoridade da qual ninguém pensa duvidar. Ela usa um toucado perolado que lhe cinge o rosto e se fecha com um laço sob o queixo. Com um gesto da mão, ordena que seu homólogo mulongo e os de sua comitiva sejam libertos das amarras.

— Mukano — diz ela — seja bem-vindo. Perdoe meus soldados. Eles apenas respeitaram as ordens de minha irmã Njole.

O homem sacode a cabeça, desdenha o assento que lhe é apresentado. Continua de pé, entra sem demora no cerne do assunto:

— Njanjo, há muito tempo não me apresento pessoalmente nestas terras. Esperava outra acolhida, mesmo que seja verdade que não anunciei minha visita enviando um mensageiro, conforme os costumes...

A rainha o interrompe de pronto:

— Você afirma não ter enviado aquele ali para nos espionar?

E aponta para Mutango.

Pela primeira vez, Mukano olha para o irmão. Sem piscar, responde:

— Ele veio aqui sem me avisar. Nada sei de suas motivações.

Njanjo pergunta:
— Você nos autoriza, então, a julgá-lo pelas nossas leis?
Mukano não responde. Imagens desfilam em seus olhos. Ele revê os delitos praticados há anos pelo irmão, suas artimanhas, seus golpes baixos, até a noite do incêndio, quando o encontrou na cama com uma das filhas. Aquela lembrança o enoja. O ato é de tal gravidade que seu autor deveria ter sido objeto de uma medida de expulsão, sanção à qual Mutango só teria escapado devido à sua posição. A voz do chefe mulongo é alta e clara quando ele declara:
— Faça o que achar melhor, no que lhe diz respeito.
São necessárias pelo menos oito das guerreiras comandadas por Njole para levar o acusado, que se debate e afirma, aos berros, que os ancestrais não permitirão tal infâmia.
Mukano mantém a calma, controla-se para não dizer que os ancestrais estão cansados. Não aguentam mais as atitudes de seu irmão, que mereceu o que lhe acontecerá. Tendo as arqueiras se afastado, Njanjo ordena que o bastão de comando seja devolvido a Mukano.
— Agora — ela convida — aceite o assento que lhe é oferecido.
Se não se sentar, o chefe dos mulongo ofenderá sua anfitriã, o que não é desejável. Ela bate palmas.
— Vamos primeiro nos refrescar. Meu conselho e eu estivemos muito ocupados desde o nascer do dia. Ainda não comemos.
O chefe aproveita aquele momento para mandar depositar seus presentes ao pé da cadeira de autoridade ocupada pela rainha. Seus homens os recuperam junto aos soldados. As palavras de praxe não são enunciadas.

Njanjo não se extasia diante dos objetos que lhe são oferecidos. Nada acontece conforme as regras.

*

No fundo de sua masmorra, Mutango explode de raiva. Sua ira é tão intensa que ele não é capaz de refletir numa maneira de escapar. A intensidade do choque fez com que se esquecesse até do menor dos feitiços. Jogaram fora o conteúdo de sua sacola. Os bwele não comem macaco. Uma das guerreiras o afrontou:
— Vocês são mesmo selvagens. Nós deveríamos derrotá-los para ensiná-los a viver.
E concluiu:
— Já o teríamos feito, acho eu, se suas terras não fossem inacessíveis durante as estações chuvosas. A circulação precisa ser possível entre todas as regiões do país.
Mutango está jogado no chão. Todos os pontos de seu corpo o fazem sofrer. A fome lhe confunde a mente. Ainda assim, ele tenta rememorar os acontecimentos dos últimos dias para descobrir o erro cometido, que não vê.
Alguma coisa lhe escapa. Ele ignora o que seja. Seu único olho ainda aberto — o outro está seriamente machucado — vaga pela peça escura, de teto tão baixo que ele não poderia ficar de pé. Um cheiro de urina paira no local, misturando-se à sopa de folhas sem carne que lhe foi servida. A mulher que a levou disse:
— Come. Não queremos a sua morte.
Nesse caso, o que elas querem? Ele preferiria morrer a saber a resposta. Se, ao penetrar de manhãzinha naquela concessão, tivesse desconfiado que abrigava uma guarnição de soldadas — uma corja maldita, é um sacrilégio

que aquilo exista —, teria sem dúvida tomado o caminho de volta. Quando sua presença foi descoberta, sua vida se transformou num pesadelo. Se aquelas mulheres não vão matá-lo, ele tem tudo a temer.

Os pensamentos do homem gordo giram sem descanso em sua cabeça quando uma voz exclama:

— Filho de Mulongo, não pergunto como deixou a noite. De agora em diante, é pouco provável que a deixe. Nossas arqueiras vão mergulhá-lo nas trevas por toda a eternidade. Você merece, portanto, um último presente meu. Se tiver perguntas, estou pronto para respondê-las.

Bwemba está à soleira da porta. Mutango não pensa, sequer por um instante, em derrubá-lo para fugir. Mal teria dado um passo para fora e as mulheres lhe cairiam em cima. Seu olho bom desliza sobre o visitante. Não é apenas por estar no chão que o caçador lhe parece maior. É porque o outro ganhou dele desde o começo. Não, não vai interrogá-lo. Fecha o olho. Mas Bwemba está com vontade de falar. Braços cruzados, sorriso nos lábios, ele relata a noite do grande incêndio, descreve a operação levada a cabo pelos seus homens enquanto a população mulongo dormia. Não foi difícil pôr fogo nas habitações. São a tal ponto rudimentares, com seus telhados em folhas secas de *lende* e seus pilares de madeira.

Os bwele riram muito, ao ver os vizinhos fugirem como insetos. Ele mesmo estava presente, quando doze homens mulongo foram aprisionados. Cochilando num canto da mata, nem viram acontecer. Não foram levados para lá, em Bekomo. Preferiram conduzi-los por outros caminhos, fazendo-os contornar o país bwele até o litoral. Foram longas noites de caminhada até chegarem ao destino. Durante o dia, os raptados eram mantidos em abrigos de arbustos erigidos pelos bwele ao longo das vias que levam de uma região a outra de seu território e até o país litorâneo. Lá, os homens mulongo foram oferecidos aos príncipes do litoral que, por sua vez, os entregaram aos estrangeiros vindos de *pongo* pelas águas.

— Não tínhamos escolha — explica Bwemba. — Para evitar um conflito com os litorâneos, precisamos fornecer-lhes homens. Foi com eles estabelecido um acordo que assim determina, porque eles semeavam o terror em algumas de nossas regiões a fim de conseguirem cativos para os homens de pés de galinha.

Ele se cala, dá alguns passos pelo aposento. Parando junto a Mutango, acrescenta, em voz baixa:

— Seu irmão nada fez para tirá-lo da desgraça. Tranquilize-se, você em breve será vingado. Vamos deixá-lo voltar às suas terras, esperaremos algum tempo antes de um novo ataque. Se estourar a guerra com os mulongo, seremos nós os vencedores. E então poderemos agir como bem entendermos... Como chefe, Mukano talvez seja sacrificado, isso ainda não foi decidido. Na opinião de alguns, bastará apenas entregá-lo aos litorâneos, considerando que ele nunca nos atacou. Outros acreditam que, exatamente por isso, uma condenação à morte ritual seria uma maneira de lhe prestar homenagem: não é qualquer um que sacrificamos, você sabe. Seja como for, você continuará aqui. Afinal de contas, foi você quem escolheu vir para cá.

O caçador sorri.

— Devo dizer, também, que você é gordo demais para ser entregue. Você sozinho ocuparia o lugar de três homens nas embarcações dos estrangeiros vindos de *pongo* pelas águas. Você não é um bom negócio, meu camarada!

O caçador solta uma gargalhada estridente que lhe sacode os ombros, antes de concluir:

— Nossas arqueiras vão emasculá-lo ou, se forem tomadas de clemência, cortar sua língua. Elas manejam muito bem o facão. Uma vez curados os ferimentos, você ficará a serviço delas. Uma nova vida se abre à sua frente. Trate de não estragá-la.

Bwemba se despede. A rainha irá em breve ouvir um homem de pés de galinha que se aventurou no país bwele, na companhia de alguns litorâneos. É a primeira vez que algo assim acontece. Ele tem pressa de ver aquele estrangeiro, cuja pele tomaram o cuidado de colorir a fim de lhe dar figura humana. Os bwele não têm acesso ao oceano, mas talvez possam, em dias futuros, tratar diretamente com os homens vindos de *pongo* pelas águas. Ele tem pressa de saber o que será dito mais tarde, na audiência, e se diverte com a ideia de que os litorâneos corram o risco de perder seus privilégios. Mutango tem vontade de gritar, dizer que se aliaria aos bwele contra seu irmão... Tem vontade de implorar para que ponham fim aos seus dias, fecha os olhos, tenta invocar as palavras sagradas que lhe permitiriam deixar ali o seu corpo e enviar o espírito para vagar em qualquer parte. Nada mais tem dentro dele, as palavras mágicas se foram. O homem não passa de uma carne que sofre.

*

Mukano não tem notícia alguma a respeito dos desaparecidos, quando volta a pisar o chão de sua aldeia. Seus homens fizeram o juramento de não pronunciar o nome do seu irmão. Ninguém saberá que eles o abandonaram ao seu destino. Isso não lhe traz qualquer problema de consciência. O clã se verá enfim livre de um ser maléfico, o chefe terá liberdade para governar. Mukano convoca o conselho, presta contas do seu encontro com a rainha Njanjo. O país bwele é administrado com perfeição. É inimaginável que um grupo de estrangeiros tenha conseguido atravessá-lo sem ser percebido.

Em compensação, Njanjo informou-lhe que as pegadas de uma fileira de homens haviam realmente sido detectadas no coração da mata, entre os territórios bwele e mulongo. Tais rastros, que seus batedores seguiram por algum tempo para o caso de anunciarem algum perigo, afastavam-se na direção do *jedu*. Não tentaram descobrir mais.

— Minha convicção — afirma Mukano perante os sábios reunidos — é que precisamos ir para aqueles lados, a fim de encontrar nossos filhos e nossos irmãos. Seja qual for a força que os levou a tomar aquele caminho, ela nos deverá devolvê-los.

Dessa vez, os anciãos não pronunciam qualquer objeção. Mutango não reapareceu. Em sua ausência, seus aliados não têm coragem de se opor ao chefe.

Os soldados do *janea* vão preparar uma excursão. Os anciãos insistem para que nada seja feito sem a devida entrega aos espíritos. Dois dias e duas noites serão dedicados a rituais de proteção e a orações. O chefe pede que o filho do guia espiritual, tão inexperiente quanto ele, se encarregue dessas operações. É preciso também informar a matrona e as mulheres cujos filhos serão procurados. Elas irão à praça da aldeia, onde toda a população será reunida. Então, aquelas que assim desejarem serão convidadas a voltar para seus lares. A separação já durou demais.

— Eu quero — conclui o chefe — que seus rapazes as encontrem à entrada da concessão familiar, quando nós os trouxermos de volta.

Mukano pretende participar pessoalmente das buscas. Quem melhor do que um chefe deve personificar a divisa do clã? "Eu sou porque nós somos", diz-se naquelas terras, desde os tempos em que a rainha Emene para lá conduziu os seus para fundar um novo povo. Para o *janea*, tal máxima não se discute. Ele se censura por ter demorado a ir à procura dos que não foram mais vistos após o grande incêndio. Todos tergiversaram, como se fosse possível abandonar seu próprio sangue ao desconhecido, ao silêncio. Ele próprio se submeterá à ordem dada aos guerreiros: não reaparecer perante o clã sem uma resposta clara quanto ao destino dos desaparecidos.

VIAS AQUÁTICAS

No dia em que o chefe e os homens de sua guarda tomam o caminho do país bwele, a mulher deixa a aldeia. Mergulhando no interstício que separa a noite da aurora, ela caminha sem medo por trilhas que não existem, que se formam sob a planta de seus pés, desenhando uma via que só a ela pertence, como um caminho de vida. Está em sua estrada. Nada nem ninguém tem o poder de fazê-la parar. Uma espécie de cesto, sustentado por uma faixa que lhe cobre a testa, desce pelas suas costas. Dentro, ela colocou víveres e, num odre lacrado, um pouco de água. Uma sacola, contendo um pote cheio de terra, bate em seu quadril direito. Eyabe não se pergunta qual a direção a seguir. Alguma coisa a empurra, a conduz. O amor das mães por seus filhos não precisa dos astros para encontrar seu caminho. Ele é a própria estrela.

A mulher está em paz. Ao chegar, reconhecerá o local, lá dispersará a terra recolhida sob o *dikune*, saudará dignamente o espírito do primogênito e os de seus companheiros. Isso demorará o tempo que for preciso. Ela caminha. Seu sopro se confunde com o do vento. Ela é parte da natureza, não desloca um único ramo de arbusto, toma cuidado para não esmagar nenhum dos pequenos habitantes dos terrenos, larvas, lagartas e insetos ocultos na grama. Se por acaso os toca, desculpa-se com humildade e continua seu caminho. Tudo que vive abriga um espírito. Tudo que vive manifesta a divindade. Quando a noite desce e ela não enxerga mais o suficiente para prosseguir, ela para, descansa a sacola e a cesta, encontra um toco de árvore que possa fazer as vezes de apoio para a cabeça, adormece. Em seus sonhos, a voz do filho lhe fala do país da água.

— Não se trata de uma terra úmida — diz ele. — Aqui, a água é a terra. Ela é o céu e o vento.

Eyabe não tem dúvida alguma quanto a tudo aquilo. Ela confia, não conta os dias. Caminha para *jedu*. As histórias contadas na aldeia não dizem o que há naquela parte da Criação. Só se fala da grande viagem da rainha Emene, de ponto a *mikondo*, onde se encontram hoje as terras dos mulongo, em relação ao país de outrora do qual ninguém sabe mais nada. Só se fala do território bwele, situado a *mbenge*. O caminho tomado por Eyabe é desconhecido por todos, no seio do clã. Não é inacessível, ela o percorre com facilidade. Quando seus pés começam a se enterrar num solo enlameado, ela pensa que esta é a razão pela qual ninguém vai até lá. Um cheiro de umidade sobe do chão, como depois de chuvas fortes. Eyabe sabe que aquele não é o país da água, o lugar no qual deve espalhar a terra que viu crescer o duplo vegetal do seu menino.

Agora que pensa nisso, a queda da árvore lhe parece um sinal a mais, confirmando o fim da passagem terrestre de seu filho. Será o país da água um outro mundo? Quantas outras dimensões existem para acolher as almas que deixaram o mundo dos vivos? Será possível reencarnar quando se repousa no fundo das águas? Com certeza, jamais saberá. Avançando, interroga-se quanto ao local onde passar aquela noite suplementar longe do clã. A quinta ou sexta, ela não sabe, pouco importa. Ouvindo o ruído de sucção que fazem seus pés no barro, ela não precisa examinar o solo para saber que é impossível se deitar ali para descansar. Precisará subir ao alto de uma daquelas árvores de raízes aparentes? Aliás, os galhos, embora muitos, parecem frágeis, incapazes de suportar o peso de um corpo humano. Eyabe tenta não se apavorar. É preciso confiar. O cansaço a aflige. Ela avança. A lama lhe cobre os calcanhares, faz pesar as franjas de sua *manjua*, mas ela avança. Uma intensa coceira agride a planta de seus pés. Ela não ousa se coçar, não fazendo ideia do que vive ali, no fundo do pântano. Para que a inquietação não a derrube, a mulher relembra os últimos instantes passados na aldeia.

Aquelas cujos filhos não foram encontrados haviam adormecido, depois de uma noite de vigília. Sentadas em volta do seu corpo febril, elas prestaram atenção, ouviram a voz que, atravessando-a, contava uma triste história. Ela falava do rapto, da violência, da impotência. Falava da impossibilidade da volta, de uma morte que não era morte, pois que talvez não permitisse o renascimento. Uma morte inacabada. Uma eternidade de solidão. O silêncio dos espíritos ainda que invocados sem trégua. Aquelas cujos filhos não foram encontrados juraram não divulgar tais palavras no seio da comunidade. Mesmo as que não tinham o desejo de rever sua prole sentiram o coração apertar. Não haviam amado o filho, mas admitiam que era um pedaço delas mesmas. Não apenas um corpo que as escolhera como via de passagem. Não apenas um pedaço de sua carne. Algumas cortaram os cabelos. Outras não ousaram. Todas se deitaram, exaustas, esgotadas.

Só a matrona assistiu à partida de Eyabe. As duas caminharam juntas até os limites das terras mulongo, tomando cuidado para não atrair a atenção dos guardas prestes a deixarem seus postos. Em princípio, eles devem aguardar o revezamento antes de voltarem à sua concessão, mas poucas vezes as coisas acontecem assim. Aqueles homens têm dificuldade para se acostumar com as medidas de segurança adotadas depois do grande incêndio. Todas as noites eles vigiam, mas nada acontece. Então, sua atenção enfraquece, eles tomam liberdades, apressam-se a voltar para casa quando a noite chega ao fim, mesmo que o dia ainda não tenha estabelecido domicílio, nem na terra nem no céu. As duas não trocaram uma só palavra. Tudo já havia sido dito. A anciã encostara a mão direita na testa de Eyabe, invocando sobre ela a bênção dos espíritos, entregara-lhe seu amuleto. Abraçaram-se rapidamente, Ebeise precisando se apressar para rever as ocupantes da casa comum, às quais deveria anunciar a partida da companheira. Patinhando no lamaçal, Eyabe se pergunta em que termos teria a matrona apresentado as coisas, como ela teria agido para ter certeza de que nenhuma as trairia, que nenhuma iria ver o Conselho para dizer:

— Uma das nossas saiu pelos caminhos, à procura do país da água, última morada dos nossos filhos...

Uma câimbra lhe tortura a coxa direita, obrigando-a a parar por um instante. Ela abafa um gemido, enxuga com a palma da mão o suor que lhe brota da testa, acredita-se vítima de uma alucinação quando a vê, imóvel à sua frente. A alguns passos, uma menininha a encara, em pé sobre um tronco de árvore que atravessa o caminho. Elas se olham fixo por um momento e depois a criança se vai, desaparece como havia aparecido. Eyabe não se sente capaz de chegar até o tronco de árvore, que no entanto parece bem real. O chão afunda sob seus pés, sua cabeça gira. Um murmúrio chega até ela, mas ela não tem certeza.

Tudo escurece. Sua última refeição data de muito tempo. Impossível parar em pleno pântano para descansar o cesto no chão, comer alguma coisa. Suas pernas, agora, se recusam a qualquer movimento. Ela vai morrer ali, de pé na lama, sem se ter aproximado do país da água. Terá interpretado direito os sinais? As palavras recebidas quando em transe? Eyabe leva a mão ao peito, fecha os dedos trêmulos em torno do amuleto entregue pela matrona. Se suas intuições foram capazes de enganá-la, não afastaram a anciã. Eyabe espera. De pé. Ela espera. Alguma coisa. Alguém.

*

O sol mudou de nome várias vezes. Seu brilho arrefecia quando a menina voltou. Sempre silenciosa, ela aponta para a mulher cujos pés afundam na lama. Rostos surgem atrás dela, rostos cujos corpos Eyabe não vê. Emergem da vegetação em torno, como grandes brotos em meio ao verde. Uma boca se abre e se fecha, ao que parece. Eyabe nada ouve. Sem se dar conta, estica o pescoço, percebe então que alguém fala com ela. Não compreende aquela língua, mas é bem a ela que se dirigem. É preciso fazer que sim ou que não com a cabeça, ela não sabe. Então, a mulher dá seu melhor sorriso, indica com as mãos as pernas afundadas na lama, diz, em sua língua, que não consegue se mexer.

À sua frente, nenhum gesto é feito na sua direção. Os rostos se retiram para trás das plantas, desaparecem. Só a criança continua ali, em cima do tronco de árvore. Seus grandes olhos negros examinam a desconhecida. Sem ter sentido qualquer movimento à sua volta, Eyabe se dá conta de que dois homens estão a seu lado. Chegaram por trás, jogaram no chão uma jangada feita de galhos unidos por meio de trepadeiras e nervuras. Um deles maneja um longo bastão que faz avançar a plataforma. Seu companheiro desembaraça a mulher de seu cesto, coloca-o sobre a jangada. Depois disso, dedica-se a atrair Eyabe, segura-a com firmeza pelos ombros, diz, em voz baixa, palavras que ela não compreende. É o olhar do homem que a esclarece. Ela imita seu gesto, sente a força dos braços que a tiram do lamaçal. Ele a aperta de encontro a seu corpo, murmurando palavras cuja música a acalma.

Quando seus pés tocam a madeira, os joelhos cedem ao seu peso. Tomam o caminho pelo qual os homens vieram socorrê-la. A lama dá lugar a um riacho, depois a um rio. Eyabe nunca viu um curso d'água tão grande. Ainda assim, seu coração lhe diz que aquele ainda não é o lugar ao qual deve ir. Ao ver o local, ela saberá. Em seu coração, agradece ao espírito dos ancestrais. Aquelas pessoas lhe foram enviadas porque eles intercederam a seu favor junto a Nyambe. Ela não conhece sua língua, mas sente sua energia. Quando chegam à margem do rio, a menininha lá está. Há também mulheres. Uma comunidade vive ali, a alguns dias de marcha do território mulongo, tomando-se a direção do *jedu*.

Ao longo da margem, jangadas flutuam suaves sobre as águas. São feitas de três camadas de galhos superpostos, solidamente amarrados. Alguns estão presos a um mastro enterrado no solo lamacento que costeia o rio. Quando a correnteza dá mostras de querer levá-los, a corda que os retém se estica um pouco e os leva de volta à terra. Dois meninos pequenos, ajoelhados à margem, mergulham as mãos na água e, rindo, agarram animais de pele reluzente. Não há nada semelhante no país mulongo. A recém-chegada os observa longamente, olha-os jogar num cesto as presas tremelicantes, surpreende-se com a visão daquele bicho cujo grito não se ouve.

Fazem-na descer à terra. Ela é deixada na companhia de duas mulheres que a conduzem. Cada uma delas passou, em volta do pescoço, um dos braços da estrangeira. Eyabe sente sua pele encostada às delas. Aquele contato lhe renova as forças. O solo não é tão lamacento quanto o que a mantinha prisioneira, mas é estranhamente úmido, como se tivesse chovido por dias a fio. Os passos de suas acompanhantes continuam prudentes. As casas daquele povo foram construídas a pouca distância do rio, fora da margem. Os pilares que as suportam mergulham fundo no chão, elevam-se a uma altura incompreensível para Eyabe, antes que se veja o assoalho. A mulher se pergunta como se chega àquelas habitações, por que foi preciso elevá-las daquela maneira.

A caminhada termina em frente a uma casa. Quando uma de suas acompanhantes lhe mostra uma escada, juntando à palavra o gesto para lhe indicar como entrar na morada, Eyabe se diz que de jeito nenhum. Ouvem-se risos. Convidam-na a tentar, ela compreende pelas entonações. Palmas surgem para encorajá-la, um canto é improvisado. Quando ela começa a se perguntar se os espíritos estão realmente a seu favor, um rosto aparece, na porta da casa. Alguém fala, em sua língua:

— Mulher, a água vai subir. Logo a terra terá desaparecido. Se você ficar aí, ninguém poderá fazer nada para ajudá-la. A noite chega...

Eyabe solta um longo grito ao reconhecer Mutimbo, um dos que não foram encontrados depois do grande incêndio, um dos homens de idade madura desaparecidos na companhia de dez jovens iniciados. Emoções e palavras, em excesso, se revolvem dentro dela, fazem-na tremer, perder a consciência.

*

Mutimbo lá está, quando ela reabre os olhos. Um dia se passou, mas ela ignora. É noite. Não se acendeu uma fogueira para iluminar o local. Todos desconfiam de qualquer coisa que poderia revelar a existência da aldeia, mesmo que o pântano a torne de difícil acesso. A água subiu, como sempre, naquela hora do dia. Assim lhe dizem, quando ela indaga a respeito do barulho.

— É a água — diz ele, sorrindo. — Eu avisei que, em pouco tempo, ela afogaria o mundo...

As ondas batem nos pilotis da casa em cadência regular, até que, tendo atingido determinado nível, seu fragor se torna um murmúrio. Eyabe tem a impressão de ouvir o canto de Weya, a primeira terra. Isso a perturba um pouco. Desde que se pôs a caminho para encontrar o país da água, ela a considera como uma força hostil, uma energia nefasta que lhe arrancou o primogênito. O menino cuja vinda ao mundo consagrou sua feminilidade aos olhos do clã. Aquele graças a quem lhe foi dado se descobrir, conhecer a si mesma como nunca se havia imaginado. Inventiva: quantas melodias lhe ocorreram quando era preciso niná-lo? Sábia: tinha respostas para suas perguntas, nem sempre, mas muitas vezes. Doce: sim, ela, que passara a adolescência rivalizando-se no tiro de estilingue com os irmãos, sem de modo algum compreender o interesse dos trabalhos de cestaria. Daquela época turbulenta, havia conservado um corpo esbelto e firme.

Eyabe continuou a ser uma mulher abrigando um espírito masculino. Seus amantes da juventude nunca censuraram aquele temperamento, o que desposou também não. Às vezes, quando de seus embates, o esposo podia dizer, com um sorriso:

— Mas mesmo assim você sabe que o homem sou eu?

Ao que ela respondia:

— Se não fosse, eu não teria consentido em me unir a você. Saiba, porém, que eu também sou o homem. Quando a divindade moldou o ser humano, ela lhe insuflou as duas energias...

Se Eyabe é perita na arte do penteado, é porque isso nunca lhe pareceu uma tarefa adequada apenas às mulheres. Entre os mulongo, o penteado é igualmente importante para os dois sexos. Todos a procuram porque se diz que ela tem *uma boa mão*. Quando o rosto de Musinga, o marido, vem dançar em suas lembranças, ela o expulsa. Ele não foi visitá-la na casa comum. Ela não quer mais saber dele.

A aldeia parece tão longe. Era um *etina*, quando deixou as terras do clã. Depois de algum tempo, ela deixou de contar os dias, deixou de nomeá-los. O tempo não evaporou no ar, continua ali. Simplesmente, seu significado se diluiu. Pouco importa a duração, uma vez que seu filho não lhe será devolvido, uma vez que ela não mais o verá como o conhecia. Nunca o verá tomar esposa. Ser pai. Apenas uma claridade crepuscular se filtra através das paredes feitas de troncos. Há outras pessoas na casa, mas sua presença é quase imperceptível. Seu olhar se acostuma à penumbra, prende-se ao vulto do homem. Para ela, só ele existe, e todas as coisas que gostaria de lhe perguntar. Quando ele se aproxima da esteira na qual Eyabe descansa, ela percebe que ele só usa um *eyobo* que lhe cobre o sexo e se desloca com dificuldade. Mutimbo tem uma perna dura.

Aplicaram-lhe um cataplasma que camufla uma ferida grande, incomodaria usar trajes mais elaborados. Ele faz uma careta ao andar até ela, mas bem depressa um sorriso toma o lugar da sua expressão de dor.

— Eu rezei tanto — diz ele. — Os espíritos me ouviram. Acreditei morrer mil vezes sem ter a oportunidade de rever alguém da nossa terra, alguém a quem contar... alguém que contaria aos outros. Como você vê, precisarei de tempo antes de estar em condições de voltar à aldeia.

Mutimbo fala do grande incêndio, daquela noite que mudou a face do mundo. Conta o que Eyabe já sabe e também o que ela não imagina. Que as sombras noturnas ainda estavam no céu quando homens bwele atiraram sobre eles suas redes de caça.

— Eu estava com Mundene e nossos filhos, num canto da mata.

Em menos tempo do que se precisa para contar, eles tinham sido amordaçados, amarrados, arrastados para longe do país mulongo. Ele não se lembra de ter gritado. Nem ele nem nenhum dos companheiros. Nem pensaram nisso. Ou talvez sim. Ele não sabe mais. O desânimo ainda lhes pesava no coração, depois do incêndio.

— Tudo acontecia como num sonho. Não era real. Não era possível que estivéssemos vivendo aquilo. Iríamos acordar. Avaliar o desastre provocado pelo grande fogo. Cobrir o corpo de bravura para reconstruir. Honrar nossos ancestrais, pois não lamentaríamos perdas humanas. O fogo, ao menos, nos poupara a vida. Então, nós iríamos viver. Não tínhamos sobrevivido ao incêndio para precisar enfrentar mais uma provação. Aquilo não era real. Não era possível que estivéssemos vivendo aquilo. Iríamos acordar. Avaliar o desastre provocado pelo grande fogo. Cobrir o corpo de bravura. Reconstruir. Viver. Estávamos vivos.

Desde que lá está, Mutimbo se pergunta por que seus companheiros e ele começaram a andar. Por que, não podendo lutar, preferiram avançar a se deixar matar. O fato desse questionamento habitá-lo foi a razão pela qual havia parado de andar ao fim de três dias e meio de marcha, tentando fazer com que seus companheiros também parassem. Não teve tempo para animá-los. Um dos homens bwele plantou-lhe uma flecha na virilha, para que ela lhe atravessasse a carne. Ele foi separado, deixado para trás, convencido de que uma fera, atraída pelo cheiro de sangue, acabaria com seus dias. Não sabia onde estava, ou em que direção ficava a aldeia.

— De qualquer maneira, eu não estava em condições de voltar. Perdi muito sangue. Aliás, quando digo que tínhamos feito três dias e meio de marcha, isso não está muito correto.

Na verdade, eles avançavam à noite. Apenas. Durante o dia, viviam em abrigos construídos pelos bwele no coração de uma floresta cada vez mais espessa, escura mesmo em pleno dia. Ao fim de algum tempo, tinham se esquecido do brilho do sol, só conheciam a escuridão e as noites sem lua, enterrados no fundo daquelas instalações preparadas para sua reclusão. Era impossível, para eles, dizer que direção haviam seguido, em que terras se encontravam. Sua cabeça tinha sido raspada, assim como a barba dos que a tinham — os velhos —, a fim de lhes dar a aparência de presos de guerra, caso fossem vistos. Tinham sido despojados de seus amuletos, de seus adornos, de suas roupas.

— Se pudessem apagar nossas escarificações, acredito que o teriam feito...

Suas amarras consistiam de cordas a lhes prender os pulsos. Dois galhos de *mwenge*[9], habilmente unidos, lhes tinham sido postos sobre os ombros, só deixando livre a cabeça, que não conseguiam mexer. Cada um deles só via a nuca do que o precedia na fila. Qualquer comunicação era impossível. O *mwenge*, conhecido por sua dureza, lhes cortava a pele à menor torsão do pescoço.

Num determinado momento, Mutimbo parou de andar. Quando se interrogava pela enésima vez quanto às razões pelas quais seus companheiros e ele não resistiam por mais tempo, inclusive correndo perigo de vida, ele ouviu os atacantes bwele cochicharem entre si. Um deles se queixava das ordens da rainha Njanjo, que formalmente

---
9   Jasmineiro africano. (N. T.)

proibira que as fileiras de cativos fossem conduzidas durante o dia. Outro respondia que havia várias razões para isso. Primeiro, evitavam dar de cara com importunos. Depois, impediam que os detentos soubessem por onde iam. E, por último, acostumavam aqueles homens à escuridão.

— Nunca me esquecerei de suas palavras: "Lá para onde os levamos, só há trevas. Em permanência. Eles devem estar preparados!".

O homem não sabia mais do que isso, obedecia ordens. Mutimbo era o único a ter ouvido aquela conversa. Não lhe seria dada a oportunidade de comunicá-la a seus irmãos. A última imagem que o homem guardava na lembrança era a dos outros sendo empurrados para a frente, xingados pelos bwele que os ameaçavam, brandindo seus canivetes, apontando suas flechas envenenadas.

— Estavam armados até os dentes, só precisavam fazer um gesto para acabar conosco.

Ora, a espiritualidade mulongo os proibia de buscar a morte. Qualquer ato de resistência, naquelas condições, teria sido suicida. Uma afronta aos ancestrais, aos *maloba*. Uma ofensa a Nyambe, o Criador, que fracionara sua própria energia para propagá-la e, assim, viver em todas as coisas.

— Imagino que foi por essa razão que andamos. Contra nossa vontade. Sem saber para onde íamos. Imagino. Não falávamos muito, mesmo quando estávamos nos abrigos. Alguns bwele conheciam nossa língua. Nossos jovens iniciados murmuravam, encorajavam-se a resistir até que a hora nos fosse favorável. Mundene, nosso Ministro dos Cultos, não parou de amaldiçoar nossos agressores, de rogar às almas dos mortos do clã. Nossa captura tinha sido um ato de covardia. Era, além disso, uma transgressão: não tínhamos cometido nenhum crime, nenhum delito. Não tínhamos tido a chance de enfrentar nossos inimigos num combate leal. Ninguém poderia nos privar de liberdade. Nossos atacantes nunca soltavam nossos pulsos, nem para comer, nem para fazer nossas necessidades. A hora nunca nos foi favorável... Teríamos sabido reconhecê-la? Bastam alguns dias de humilhação absoluta para fazer recuar a combatividade. Quanto mais o tempo passava, menos éramos nós mesmos. Um de nossos filhos começou a desafiar os espíritos, recusando qualquer alimento, apesar das pancadas. Sem dúvida, morreu no caminho.

Em voz baixa, Eyabe pergunta quem era aquele jovem:
— Filho de quem? — ela quer saber.
O ancião responde:
— Se minha memória não falha, era o filho de Ebusi.

A mulher concorda com a cabeça, devagar, e expulsa o soluço que lhe sobe com a evocação de sua companheira de isolamento. A única outra, entre as isoladas, que ousou deixar a casa comum. Deveria ver naquilo um sinal? Seu primogênito e o de Ebusi foram os únicos abatidos do grupo? Se um expirou por ter resistido aos seus agressores recusando-se a se alimentar, como morreu o outro? A informação que lhe chegou parecia indicar que diversos filhos do clã haviam penetrado no país da água. Ela ignora o que deve compreender, fecha os olhos quando Mutimbo a exorta a voltar à aldeia para explicar ao chefe, ao Conselho, que os bwele estão na origem do desaparecimento de doze homens mulongo.

Ele gostaria que ela fosse ver Eleke, sua esposa.
— É preciso — ele explica — que ela saiba que estou vivo. Nunca nos tínhamos separado por mais de um dia...

Eyabe não sabe mais o que fazer, ouve Mutimbo que narra como chegou ao seio daquela comunidade, onde foi cuidado, protegido. Conta-lhe que aquele povo acolhedor não é um só, no sentido em que isso é em geral compreendido. Ali, as pessoas não têm memória comum. Seu clã não tem fundador, nem ancestrais tutelares. Cada um trouxe seus totens, suas crenças, seus conhecimentos em matéria de cura. Tudo aquilo, posto de certa forma num pote comum, forma uma espiritualidade que todos respeitam. Homens e mulheres dividiram entre si as tarefas de maneira clara e simples: eles caçam, pescam, preservam a integridade física do clã; elas cultivam e se encarregam da vida interior. Todos somam forças para construir as habitações. Não há linhagem reinante. A comunidade escolheu um chefe, que será dispensado caso não se mostre à altura das expectativas.

Quando Eyabe pergunta a razão de tal organização, Mutimbo explica:

— As pessoas daqui fugiram dos ataques dos litorâneos e seus comparsas.

Os que se dizem filhos da água semeiam o terror em todos os espaços situados ao seu alcance, só poupando as aldeias habitadas por comunidades irmãs. Essas lhes servem de intermediários, quando é preciso trazer os cativos das terras do interior. Eles tomam as pirogas e lançam emboscadas a quem se aventurar pelo oceano, nos arredores de sua aldeia. Percorrem os feudos de agrupamentos amigos e assim chegam aos locais onde se dá a captura. Precisam de tempo, às vezes uma lua inteira, para levar seus prisioneiros até o litoral. De fato, a ajuda dos povos irmãos lhes é indispensável. Apenas a distância e o terreno impraticável impedem-nos de ir até Bebayedi, para desalojar os habitantes das casas sobre pilotis. Enfim, trata-se ali de um sistema complexo, cujas engrenagens Mutimbo não domina. Só pode afirmar uma coisa: é no país litorâneo que o destino das pessoas raptadas é selado.

— Mas por que esses sequestros?

Eyabe sufoca, não acreditando em seus ouvidos. Tudo aquilo está além do que sua mente poderia conceber.

Mutimbo ergue os ombros. Ouviu dizer que os príncipes do litoral se haviam aliado com estrangeiros de pés de galinha.

— Eles não têm, realmente, pés de pássaros, mas usam, sobre as pernas, roupas que dão tal impressão. Me contaram que os litorâneos comerciam há muito tempo com esses estrangeiros vindos de *pongo* pelo oceano. Antigamente, pelo que entendi, eles lhes forneciam óleo vermelho e presas de elefantes. Agora, lhes dão gente, até crianças, em troca de mercadorias. Parece que os litorâneos possuem agora um caniço que cospe fogo, lança projéteis mortais. Essa arma, fornecida pelos homens de pés de galinha, permite-lhes subjugar com facilidade seus cativos.

Por medo de se verem dizimados por aqueles que, tendo o raio nas mãos, têm condições de matar à distância, as comunidades atacadas começaram a refluir para o interior das terras, lá onde uma natureza indomada os protege. Assim se formou aquela aldeia. Estão cercados por um curso d'água e um pântano. Não é fácil chegar até lá sem ser percebido. Seus habitantes vêm de diversos locais. Alguns são originários de territórios conquistados pelos bwele, mas não se consideram súditos da rainha Njanjo. O que é compreensível, quando se sabe que ela exige, por parte de seus vassalos, um tributo humano. Foi assim que os bwele se tornaram os mais importantes intermediários dos litorâneos, em termos de comércio de homens. O país bwele é, aliás, mais vasto do que os dos príncipes do litoral. Esses últimos só souberam se fazer respeitar à força de intrepidez, astúcia e crueldade. De qualquer maneira, os bwele não têm vontade de tê-los como inimigos. Os litorâneos são os únicos detentores do raio.

Eyabe cobre a boca com as duas mãos para não gritar, não berrar que o mundo enlouqueceu, que forças obscuras estão em ação, que até mesmo um recém-nascido reconheceria sem dificuldade o rosto da feitiçaria, que ninguém pode precisar de tantas vidas humanas, a não ser para sacrificá-las a energias maléficas. Seu coração se agita no peito. Bate com tamanha fúria que ela se sente a ponto de explodir em mil pedaços. Naquele instante, a desagregação lhe parece uma perspectiva mais animadora do que a ideia de precisar viver num universo no qual são possíveis histórias como as que conta Mutimbo. Deixa-o continuar, os olhos transbordantes de lágrimas. O homem diz que a população heterogênea daquela aldeia perdida no coração do pântano se sente, ali, em segurança. Os bwele não se aventurarão por lá, já que uma de suas crenças proíbe que se aproximem de terras banhadas pela água. Podem ir ao litoral, mas evitarão os pântanos como aquele. O terreno é desconfortável, mas os habitantes aprenderam a viver ali e já sabem, agora, construir suas casas sobre pilotis, pescar no rio, caçar na mata vizinha. As crianças sabem desentocar os crustáceos, fazê-los sair de seus buracos cavados no lamaçal. Os adultos conhecem as plantas comestíveis ou venenosas, algumas ervas medicinais. Sua língua mistura todas as que se encontraram naquele solo lamacento.

Mutimbo dá um sorriso murcho, conta que acrescentou palavras do idioma mulongo, sobretudo para designar as peças de cestaria que, graças a ele, as mulheres aprendem a confeccionar. Sua invalidez não lhe permite percorrer a mata como fazem os outros homens, então ele fica com as mulheres. Eyabe o interrompe. Alguma coisa lhe chamou a atenção, no discurso do ancião. Ela interroga Mutimbo, que explica não saber o que encobrem tais termos.

— Quero dizer que não sei concretamente, nunca os tendo visto com meus próprios olhos. O litoral é o lugar no qual a terra acaba. O oceano é o território que começa ali, no limite do mundo, e que é inteiramente constituído de água.

— Então o oceano é o país da água? — indaga Eyabe.

Mutimbo fica pensativo por alguns instantes, antes de concluir, sacudindo a cabeça:

— É, acho que se pode dizer que sim. O oceano é o país da água.

— E esses estrangeiros, esses homens de pés de galinha, de que território...

— Aí, minha filha — diz o ancião, — você está me pedindo demais. Tudo o que eu ouvi dizer é que eles vêm de *pongo*, pelo oceano.

*

A noite cai de repente, como uma fruta madura demais. Ela se achata sobre o pântano, o rio, as casas em cima dos pilotis. A noite tem uma textura: a da polpa do *kasimangolo*, cuja doçura açucarada só pode ser apreciada chupando-se com cuidado o caroço espinhento. A noite é feita para o descanso, mas não é assim tão tranquila. É preciso permanecer atento. A noite tem um cheiro: ela cheira à pele daqueles que se reuniram pela força das coisas. Aqueles que não teriam jamais se encontrado se não tivesse sido preciso fugir, correr sem saber para onde a fim de continuar vivo, de encontrar uma vida. A noite cheira às lembranças que o dia afasta porque a mente se ocupa juntando as partes de uma casa sobre pilotis, caçando, pilando, limpando, cuidando do recém-chegado, acariciando o rosto da criança que não fala, procurando um nome que o mantenha na família dos homens. A noite carrega as reminiscências do último dia da vida de antes, no mundo de outrora, na terra natal. Quando se pensa nisso, têm-se a sensação de que tudo se passou numa outra realidade. Quando se pensa nisso, é possível que se tenha, na lembrança, muitos ataques. Aquele não era o primeiro...

Em todos os casos, a noite traz os gritos, o medo, o momento em que nos vimos sozinhos na estrada, o instante em que um ser amado caiu para não mais levantar. Não houve tempo para enterrá-lo. Não houve tempo para invocar os *maloba*. Não observar os rituais é uma falha. Como uma emboscada deixada no caminho do defunto. À noite, voltamos a ver o corpo inerte. A boca que não mais sorrirá, que não mais chamará. Pensamos na alma que agora vagueia porque não se realizaram as cerimônias do luto. À noite, vem a lembrança de que tínhamos uma profissão, um lugar no seio da comunidade. Acabávamos de ser iniciados. Éramos respeitados. Tomaríamos mulher. Daríamos nome ao primogênito, apresentando-o aos ancestrais. À noite, vem a lembrança de que pertencíamos a uma casta inferior, de que servíamos para tudo, para qualquer coisa, da manhã à noite, interminavelmente. Não éramos donos da própria existência. Fugir para o desconhecido não poderia ser pior do que aquilo.

Corremos desenfreados pelos caminhos. Tantas vezes havíamos pensado em fazê-lo. Nunca havíamos atribuído à liberdade os traços distendidos do irmão ferido que precisamos deixar para trás. Corremos sempre em frente, sem nada ver, os olhos afogados nas lágrimas. Corremos com o olhar nas costas e, no coração, a estridência do seu chamado, o silêncio depois que sua voz falhou. A noite se torna um mergulho, não mais naquela escuridão que protege as gestações, mas nas trevas, naquilo que pode produzir a loucura dos homens.

Uma refeição frugal foi compartilhada. Peixe, algumas raízes fervidas, folhas amargas. Eyabe não conhecia peixe. Agora sabe que não gosta. O cheiro é por demais atroz para que se tenha vontade de provar. É claro que ele se dissipa com o cozimento e os temperos, mas o fedor do peixe cru é tão terrível que se imprime no corpo, para sempre. Aliás, a mulher prefere não consumir carne animal antes de ter concluído sua missão. Quando a noite se instala, Mutimbo continua na casa. Para ele, é difícil sair dali. Aquela morada especial, a primeira quando se chega às terras pantanosas da comunidade, recebe os recém-chegados e os doentes. Com frequência, as duas situações se superpõem. Desde que ali está, Mutimbo nunca morou em outro lugar. Ele não sabe dizer quando o levaram para lá. Homens tinham ido buscar suas presas nas armadilhas não longe da aldeia. Eles o encontraram no chão, atravessado no caminho. Ele se arrastara pela terra, um rastro de sangue era a prova.

— Quando me descobriram, eu delirava,. Eles me trouxeram até aqui.

Depois, ele soube que aquela não era a primeira vez que um ferido era trazido da mata. Sabiam do que ele tinha escapado.

Eyabe olha em volta sem distinguir os outros rostos. Pouco antes, pareceu-lhe que uma mulher grávida descansava num canto. Não viu mais ninguém, e pergunta a Mutimbo quem são os ocupantes da casa.

— Nós éramos três, antes da sua chegada.

Há realmente uma mulher prestes a dar à luz. E também um menino. Ele é mudo. Quando os litorâneos atacaram seu povo, ele se escondeu no fundo de um buraco. Quando saiu, só restavam ele e um velho que não havia sobrevivido ao périplo pela mata. O velho não teve tempo de explicar de onde os dois vinham. Não se sabe que população gerou a criança. Pelas suas escarificações e pelo penteado, alguns pensam que seja nativo do país litorâneo, onde talvez pertencesse à casta dos serviçais, antigos cativos tornados súditos. Outros afirmam que, se assim fosse, ele teria uma orelha cortada, sendo tal amputação o sinal distintivo dos submissos, no país litorâneo. Ninguém tem certeza. A terra na qual o mundo acaba fica longe dali, a pé. O caminho mais curto para chegar até lá é pelo rio Kwa, que atravessa a mata para ir desaguar no oceano. E, mesmo seguindo por esse caminho, seriam precisos dias para se chegar aos limites da Criação.

Todas as vezes que escuta essa palavra, oceano, Eyabe sente o coração bater mais forte. Ela diz:

— Homem, não posso ficar com vocês. Tenho plena consciência de que os nossos devem aprender o mais depressa possível que é preciso se proteger dos bwele, mas...

Ela se cala. O momento não é adequado para evocar a sombra que mascarava o dia acima da casa comum e as revelações que lhe foram feitas na véspera de sua partida.

Mutimbo sacode a cabeça, não fica com raiva, não tenta convencê-la. Ele sabe que, ao deixar a aldeia, ela não desafiou todas as proibições sem ter para isso uma boa razão. Aguardará que ela a revele, rezará sem trégua para que os mulongo sejam poupados.

*

Eyabe não tem certeza de ter compreendido tudo. Acabam de lhe confirmar que, como ela sempre acreditou, o mundo não se limita aos mulongo e aos bwele, mesmo que ela saiba que os últimos são muito numerosos. Seus passos a levaram àquele lugar chamado Bebayedi, um espaço abrigando um povo novo, um lugar cujo nome evoca ao mesmo tempo o dilaceramento e o início. A ruptura e o nascimento. Bebayedi é uma gênese. Aqueles que lá estão têm ancestrais múltiplos, línguas diferentes. E no entanto são um único. Fugiram da fúria, do estrondo. Jorraram do caos, recusaram-se a se deixar levar para uma existência cujo sentido não dominavam, a ser abocanhados por uma morte da qual não conheciam nem as modalidades nem a finalidade. Assim agindo, e sem o ter de fato concebido ou projetado, fizeram surgir um mundo. Se conseguirem preservar a vida, conceberão gerações. Assumindo a condição de ancestrais, legarão uma língua feita de diversas outras e cultos forjados na fusão das crenças. Se eles sobrevivem ao horror descrito por Mutimbo, à caça do homem pelo homem, seus atacantes também sobreviverão. Com que se parecerá o espaço habitado pelos humanos quando nada se conhecerá além da desconfiança? Como se viverá, com a lembrança repleta de lembranças amargas? Naquele ambiente, os mulongo não comerciarão mais com os bwele. Não vencerão a distância que os separa do pântano para encontrar, atrás dos maciços de *tanga*, um povo pacífico. E, se ali chegassem, apresentando-se em grande número, as pessoas de Bebayedi talvez não fossem tão amistosas quanto foram com uma mulher sozinha, esgotada por dias de caminhada através da floresta.

Ela pensa no oceano, tenta imaginá-lo, abandona a ideia. Apesar de tudo, uma certeza se aloja dentro dela: os humanos não foram feitos para viver na água. É bem o espírito de um morto que ela deve ir honrar, nessas margens onde a terra acaba. Mutimbo se deitou a seu lado, o que teria sido inconveniente, caso estivessem em sua aldeia. Ambos são casados e não pertencem à mesma família. Ali, em Bebayedi, as regras são outras. Não há casas suficientes para separar os homens das mulheres. Não há razões para fazê-lo. A existência desposa um novo arcabouço. Eyabe percebe um lamento surdo na respiração do homem, como um gemido que ele reprime para falar com ela. Sua ferida o faz sofrer. O cheiro acre que escapa da cataplasma não é apenas o do remédio aplicado sobre a chaga. É também o cheiro do mal, resistente a se deixar vencer. Ela gostaria de examinar aquilo de mais perto, mas está escuro, ela está cansada. Além disso, fazendo às pressas sua trouxa para deixar a aldeia, não se preocupou em se munir de plantas medicinais, imaginando que a natureza as providenciaria. Pensando nisso, ela se diz que o ambiente foi se modificando à medida que caminhava. Não saberia que ervas colher. Talvez, no que se refere às plantas, os habitantes de Bebayedi ainda estejam no estágio da descoberta e da experimentação. Talvez não tenham encontrado aquelas que curariam Mutimbo. A mulher boceja, fecha os olhos.

    Eyabe está contente por adormecer junto de um homem oriundo de seu clã, mesmo sendo impotente para ajudá-lo. Ela não o ouve explicar que, certos de nunca mais rever os seus, os habitantes do lugar constituíram casais. Não houve casamento, no sentido em que a coisa é em geral entendida. Os seres simplesmente se escolheram, se aceitaram. Um homem para uma mulher. Eles mesmos recriaram um espaço no qual fazer eclodir a vida. Viver é um dever. Ele está velho demais para isso. Seu coração não mais baterá por outra que não seja Eleke. Contrariando os hábitos de seu povo, Mutimbo só tem uma esposa. Não sendo da mesma condição social de sua amada, tal restrição foi a única condição imposta para sua união. Isso nunca foi um problema.

    Hoje, seu único desejo seria que sua mulher soubesse como seu amor está intacto. Eleke habita sua respiração, seu pensamento, a mais ínfima vibração que dele emana. Quando seus olhos se fecham como agora, ele tenta viajar até ela, falar com ela. A dor causada pela ferida o impede. Sua intensidade perturba a energia que ele gostaria de dirigir para ela. Os esforços para se concentrar o esgotam. Infelizmente, ele não tem forças suficientes para conseguir. Além do mais, seria preciso entalhar o objeto no *bongongi*. Ora, ele não existe naquela região. Ali, há sobretudo o *tanda*, um arbusto feito para viver nos pântanos. Antes de chegar lá, ele nunca tinha visto aquela árvore cujas raízes mergulham na lama e depois se elevam, como pernas de pau, acima da água. Pequenos peixes e crustáceos, que as crianças pescam com as mãos, se prendem à madeira. Enfim, ele precisaria de *bongongi*. Não só isso apressaria sua cura, como seu espírito poderia viajar sem peso até Eleke. Lá onde ela está neste momento, o que recebe dele? A cabeça do homem repousa sobre uma cabaça virada.

Noutras circunstâncias, aquilo o faria rir: dormir sobre uma cabaça. Mutimbo não se diverte com a situação. É vital ter sonhos adequados. O sonho é uma realidade. Quando o sono o domina, como agora, o coração de Mutimbo se aperta. Ele não gosta das noites que lhe são dadas desde que vive em Bebayedi. Só metade dele penetra na escuridão, mesmo contra a sua vontade um de seus olhos permanece aberto, enquanto fisgadas, lhe rasgando a virilha, trazem a febre. Todas as noites transcorrem assim. Quando a aurora se abre, ele não sabe mais com o que sonhou, nem sequer se sonhou. Tem a impressão de nada ter feito além de lutar para não gritar. Às vezes, gostaria de apagar, deixar tudo para trás. A morte o libertaria dos sofrimentos da carne, ele poderia entregar sua mensagem, dirigir-se a Eleke, dizer-lhe que a espera do outro lado.

*

Não são as primeiras luzes da aurora que despertam Eyabe, e sim o ronco de Mutimbo a seu lado. Ela se vira, inclina-se para ele. O homem está de olhos abertos. Seus lábios se movem, mas ela não ouve nenhuma palavra clara. A mulher grávida e o garotinho mudo ainda dormem. Cabe então a ela descer para buscar ajuda. Antes de deixá-lo, gostaria de inspecionar a ferida. O cheiro exalado indica que precisaria ser limpa. Mal o toca, o cataplasma cai. A pasta parece ter ressecado, como se alguma coisa houvesse retirado todo o líquido. Por baixo, a carne está negra.

Eyabe recua, certa de que um verme, talvez até muitos, prospera na ferida. Aquilo cheira a carne podre. Voltando a se aproximar do homem, ela sussurra algumas palavras, as primeiras que lhe vêm: voltará logo, que ele não se preocupe. Quando faz menção de se afastar, o ancião a segura pelo pulso. Sua mão está fria. Ele murmura:

— Eu não tenho mais muito tempo. É melhor assim. Cante para me acompanhar. Como se faz na nossa terra.

Eyabe concorda com a cabeça. Senta-se, coloca a cabeça de Mutimbo sobre as coxas, começa.

Entre os mulongo, são inúmeros os cantos destinados a ritmar a passagem de um mundo para o outro. Ela não pensava em escolher um deles, antes de ter chegado ao país da água, mas cantar ali não a perturba. É bom que a partida se dê diante de uma testemunha, que os ancestrais sejam invocados. Quando tudo terminar, ela pedirá um velório para Mutimbo, antes que o coloquem na terra. Os membros da comunidade bebayedi não poderão interpretar os cânticos necessários. Não faria sentido ensiná-los, se eles não compreendem as palavras. Mas Eyabe pensa ter condições de ensinar às mulheres como executar a dança dos mortos. Pedirá também que seja preparada uma refeição da qual todos tomarão parte, depois do enterro. E então, nada mais tendo a fazer naquele lugar, seguirá seu caminho à procura do país da água.

Eyabe recorda o que o homem disse a respeito daquele litoral que ele nunca viu e de cuja existência ela não suspeitava. Ele lhe ensinou que o rio, batizado de Kwa pelo povo do pântano, seguia seu curso para ir se juntar a uma extensão mais ampla. Sendo assim, ela caminhará ao longo das margens, até o oceano. O caminho talvez seja longo, mas ela agora sabe que direção tomar. Mutimbo só terá vivido o tempo necessário para levar aquilo ao seu conhecimento. Isso reforça sua determinação. Se a missão que se impusera não fosse louvável, os espíritos e o Único não lhe teriam permitido revê-lo. Graças a ele, ela sabe, em parte, o que aconteceu com os doze homens desaparecidos. É importante que pise, com os próprios pés, o último território por eles conhecido. O limite do mundo terrestre.

A mulher gostaria de deixar Bebayedi naquele instante, mas a coisa não é possível. Se lhe foi permitido rever Mutimbo, assistir aos seus derradeiros momentos, não foi para abandonar a outros a responsabilidade de colocá-lo na terra, de velar pelo bom processo de sua entrada na morte. Quando ele tiver exalado o último suspiro, ela deverá contar pelo menos nove dias e noites suplementares de sua presença naquela aldeia. Preferindo não pensar nessas obrigações que lhe atrasam a partida, Eyabe deixa que sua voz se eleve, sem se preocupar com os outros ocupantes da casa. Acaricia com ternura a testa de Mutimbo, que agora fechou os olhos. O canto a acalma, lhe dá forças. A mulher não entoou uma das inúmeras melopeias que, entre os mulongo, acompanham a travessia dos moribundos. Um outro cântico lhe veio, uma ária desconhecida que se forma nela, para enfrentar aquela situação inédita.

Não foi somente acima da casa daquelas cujos filhos não foram encontrados que a sombra se fixou por algum tempo. A sombra está em cima do mundo. A sombra incentiva comunidades a se enfrentarem, a fugirem da terra natal. Quando o tempo tiver passado, quando as luas se tiverem somado às luas, quem guardará a lembrança de todas aquelas destruições? Em Bebayedi, as gerações por nascer saberão que foi preciso fugir para se proteger da rapina. A elas será contada a razão daquelas casas erguidas sobre as ondas. Assim lhes será dito:

— A loucura havia tomado conta do mundo, mas alguns se recusaram a habitar as trevas. Vocês são a descendência daqueles que disseram não à sombra.

Eyabe ergue os olhos para a porta da casa. O dia lá está, tranquilo, quase radioso. Há algo estranho em se sentir tão sozinha apesar de tudo, em buscar a maneira de abrir, para uma alma que deve passar, as portas do outro mundo. Escapam-lhe as palavras das melopeias funerárias. Estão ocultas em algum lugar no fundo de sua mente, mas ela não as encontra. Coisas demais se acumularam por lá. A mulher estremece com a ideia de que o velho Mutimbo esteja condenado a vagar simplesmente porque ela teria demonstrado fraqueza. Internamente, pede perdão a Nyambe. É impossível se concentrar. Nem é em direção a seu filho que vão seus pensamentos. Eles derivam para as terras do clã mulongo, onde as mulheres, naquele momento, se preparam para ir ao campo ou à fonte. Elas cuidaram para que a refeição fosse servida, confiaram a guarda da casa às filhas mais velhas.

Cada uma delas sai da concessão familiar. As que vão à fonte se encontram na praça da aldeia, não longe da casa do Conselho, construída no centro. Quando todas estiverem presentes, elas se porão em marcha, silenciarão ao passar em frente à casa daquelas cujos filhos não foram encontrados. Eyabe se pergunta se suas companheiras de infortúnio continuam a viver à margem da comunidade. A lembrança daquela injustiça lhe eriça os pelos, ainda mais porque agora sabe, tendo ouvido o testemunho de Mutango, o quanto é impossível fazer pesar qualquer mínima desconfiança sobre aquelas mulheres. Pensa também em Ebeise. Antes da noite que passaram juntas na morada comum, nunca haviam trocado mais do que as frases de praxe. Fórmulas de polidez muitas vezes incapazes de dissimular a desconfiança. E, no entanto, a matrona tornou-se, para ela, tão querida quanto uma mãe. Eyabe acaricia o amuleto entregue pela anciã e ouve mais uma vez as palavras pronunciadas quando se despediram, à saída da aldeia:

— Sua caminhada será longa, minha filha. Ignoro se você me encontrará ao voltar. Não se preocupe com os homens, eu me ocuparei deles...

Enquanto os olhos de Eyabe se fixam na distância, naquele dia tranquilo que não parece feito para a infelicidade, um rosto aparece na abertura. Uma mulher penetra na casa, sem dúvida atraída pelo canto. Eyabe não se mexe, não baixa o olhar. A desconhecida se aproxima, constata o estado de Mutimbo. As pálpebras fechadas do velho, sua respiração agora fraca. Ele não tem mais muito tempo. Antes do crepúsculo, o homem terá entregue a alma. O grito da mulher liberta Eyabe de suas angústias. Ela não será a única a carregar o luto pelo ancião, a chorá-lo como é preciso, antes de deitar seus restos na terra. Tudo acontece muito depressa. Logo outros habitantes de Bebayedi estão lá. Transportam Mutimbo para fora. Uma das muitas balsas que servem para a locomoção é instalada no centro da aldeia, para fazer as vezes de leito funerário. Uma esteira é colocada em cima dela.

Em silêncio, os aldeões se aproximam, cercam o moribundo. Eyabe não compreende a língua de Bebayedi. Apenas algumas palavras lhe parecem familiares, pela sonoridade, mas fica claro que possuem um sentido diferente do que ela teria imaginado. Não tem tempo de se interrogar a respeito do mistério que permite que duas linguagens mantenham laços evidentes, permanecendo ao mesmo tempo impermeáveis. Não tem tempo porque a mulher cujo chamado atraiu toda a população começa a cantar. Quando as outras vozes femininas da comunidade começam a acompanhá-la, respondendo em coro às frases que pontuam os estribilhos, Eyabe sabe que Mutimbo será dignamente conduzido até o outro lado. Seus ombros, antes tensos, se distendem. Ela chora. Seus soluços se ampliam à medida que cresce sua gratidão. Nyambe e os espíritos não o abandonaram à sua solidão. Os bebayedi, vindos ao mundo na dor, sabem, melhor do que ninguém, o que é a entrada na morte. Ainda que não tenham deixado esta terra, passaram de um mundo a outro.

As vozes masculinas se somam às das mulheres. O garotinho mudo, sentado no chão ao lado de Eyabe, segura sua mão. Ela não sabe por quê, mas aquele gesto simples torna suas lágrimas mais intensas. Dois instrumentos musicais acompanham os cânticos. Um deles tem oito cordas fixadas a uma espécie de bengala esculpida. O outro só tem uma, presa a um arco. Assim como as vozes, respondem um ao outro, são portadores de palavras. O que dizem é acessível a quem sabe ouvir. Um pensamento atravessa Eyabe, que ergue os olhos para a casa da qual saiu para se juntar ao grupo na praça da aldeia. Preocupa-se com a mulher grávida, lá em cima, na habitação. Logo se tranquiliza: duas moças estão à porta, prontas para ajudar, se necessário. Tudo está bem. Mutimbo não caminhará sozinho até o outro lado.

*

Conforme a decisão do chefe, aquelas cujos filhos não foram encontrados deixaram a casa comum. Os aldeões se submeteram a três dias e três noites de rituais visando afastar o mal. Aquelas mulheres participaram, mesmo que o Ministro dos Cultos, contra a orientação do chefe, tenha dado um jeito para que fossem colocadas à parte. Alguns passos atrás das outras mulheres da comunidade, elas tomaram parte na cerimônia anterior à partida de Mukano. Os tambores *elimbi* e *ngomo* soaram durante três dias e três noites, só se calando para deixar que se elevassem as vozes dos habitantes. As palavras circularam, encantatórias, queixosas, portadoras de esperança. Houve dança, para expulsar de si as energias malignas. Houve dança para dizer as coisas que as palavras são impotentes para veicular. A seguir, as antes isoladas foram autorizadas a voltar às suas concessões familiares, onde as boas-vindas nem sempre foram calorosas. Mesmo que todos tenham podido se expressar durante a reunião, a fim de que os pensamentos mais ácidos não macerassem no fundo dos corações, o clima não se apaziguou.

O olhar das coesposas é sempre altivo. As refeições que preparam, quando chega a sua vez de cozinhar, são desdenhadas. Seus esposos, quando devem ir passar a noite com elas, têm sempre algo melhor a fazer, pouco se importando com o deslize representado por tal ausência: entre os mulongo, a conjunção carnal é uma obrigação conjugal. As mães dos desaparecidos poderiam prestar queixa ao Conselho, fazer punir os homens faltosos. Nada dizem, quase sentem falta dos dias de isolamento. Pelo menos, a situação estava clara. Sozinhas em suas casas, elas receiam o momento de sair para ir ao campo. Sabem que não será mais o caso, como era há não muito tempo, de apoiarem umas às outras no esforço, de compartilharem juntas o *mbaa* triturado no pilão, o molho de folhas. Serão deixadas com sua solidão. Ninguém irá ajudá-las quando precisarem.

 Antes de partir, Mukano fez a promessa de trazer de volta os rapazes. Elas rezam a todo instante para que assim seja. Que todos vejam que elas não cometeram crime algum, que não são uma coalizão de feiticeiras agrupadas para devorar seus próprios filhos. Por que o fariam? Mesmo as que não traziam aquele primogênito no coração jamais desejaram sua perda. Não tentaram prejudicá-lo. Aquele filho é um pedaço delas mesmas, não obrigatoriamente o que preferem, mas elas conhecem o laço que os une. Aquelas para quem o rapaz é um ser precioso e amado choram sem cessar. O simples pensamento de que sejam suspeitas de ter atentado contra seus dias as destrói. Elas não têm, como suas companheiras, forças para apresentarem às outras mulheres da aldeia um rosto impenetrável. Ebuse é uma delas. Cada vez mais, ela duvida da morte do filho. Se o filho de Eyabe desapareceu no país da água, o dela continua na terra. Não fosse assim, ela saberia. Não fosse assim, teria ouvido com clareza as palavras que só lhe chegaram abafadas, no dia em que a aurora escureceu.

 Naquela manhã, em vez de seguir pela trilha que em breve percorrerão as mulheres para ir à fonte, ela se dirige à casa de Ebeise. No caminho, fala sozinha, não parece ver ninguém. Há muitos dias não se lava, nem se penteia. Para quê? Ninguém deseja se aproximar dela. Seus filhos — ela tem dois, além do mais velho — tratam-na como estranha. Isso é o mais intolerável. Não via a hora de reencontrá-los. Três semanas e alguns dias de ausência foram suficientes para que ela nada mais representasse a seus olhos. Assim, gostaria que a matrona lhe permitisse voltar à casa comum. Lá aguardará, pelo tempo que for preciso, o retorno do filho perdido. Agora, a esperança de revê-lo é tudo o que lhe resta. Caminhando, ela repete a proposta que fará à anciã.

Quando chega à concessão de Ebeise, uma chuva forte cai brutalmente sobre a aldeia. Não é a época. Ela diminui um pouco o passo, levanta os olhos para o céu, continua a andar. Aquilo em nada altera sua decisão. Ela não teme a tempestade. Por pouco não veria naquilo a aprovação, pelos espíritos, do furor que a anima. A mulher avança debaixo da chuva fustigante, o busto levemente inclinado para a frente, para resistir à fúria dos elementos. Seus lábios se agitam, na repetição da palavra que não deverá cair por terra e sim se elevar, poderosa, para ser ouvida. Logo chega à concessão em que reside a parteira. No pátio, uma das coesposas de Ebeise vai de um lado para outro, correndo para abrigar as cabaças cheias de tubérculos e legumes diversos. Ocupada em sua tarefa, não vê a recém-chegada que, tomada de repentina timidez, hesita em entrar.

A terra molhada deixa seus passos trôpegos. Ela nunca esteve ali. Em cada um de seus partos, a matrona fora até ela. Aliás, o guia espiritual não dá consultas no lugar em que vive com a família. Para isso, dispõe de uma casa situada fora de sua concessão, um lugar que lhe permite conter as energias do mal. A mulher não sabe a que casa se dirigir. Detém-se por um instante no meio do pátio, pouco se importando com a chuva que lhe atinge o crânio e esmaga sua cabeleira. Enquanto seu olhar examina os arredores, ela reflete. Em país mulongo, o ordenamento das coisas é preciso. Assim, a morada da primeira esposa está sempre imediatamente à direita da do homem. Essa última ocupa também uma posição imutável, em função da qual as outras casas são construídas. Juntando ao pensamento o gesto, Ebusi se põe em movimento.

Uma voz feminina interrompe seus passos. Ela se volta, olha fixo para a mulher que segura, de encontro ao peito, uma cabaça cheia de legumes.

— Você é Ebusi, não é? Bem-vinda seja à nossa casa. Em que lhe posso ser útil?

O martelar da tempestade no chão cadencia as palavras que lhe são endereçadas. É como se duas vozes cantassem a plenos pulmões, ao mesmo tempo, músicas diferentes. Ebusi responde que deseja conversar com a anciã. É informada de que a matrona está ausente, já há dois dias. Ela não voltou a pôr os pés no pátio familiar, o que significa que as notícias são ruins. Ebusi bate uma mão na outra, apresenta as palmas abertas. Com esse gesto, faz diversas perguntas: onde está Ebeise, e de que situação estão falando. Baixando os olhos para as folhas que recebem a chuva, sua interlocutora lhe faz sinal para que a siga até sua casa.

As duas correm para uma habitação. A cabaça é depositada num canto, junto a outros recipientes salvos das águas. Só então Ebeise fica sabendo do que se trata:

— A mãe da casa foi visitar a velha Eleke. Que está muito mal e poderia não passar daquela noite... Não creio que você possa vê-la nessas condições.

Ebusi avalia com o olhar aquela que lhe fala, surpreende-se por não sentir naquela mulher qualquer animosidade, quando a aldeia inteira se voltou contra aquelas cujos filhos são esperados. Isso em nada altera seus sentimentos. Voltar para os seus está fora de questão. Sacudindo a cabeça, ela diz:

— Bem, se Nyambe retira o sopro de Eleke, eu com certeza não serei convidada para o funeral. Você dirá à anciã que eu voltei para a casa comum.

*

Quando cai a tarde, Ebusi está sentada em frente à habitação na qual, há pouco, moravam dez mulheres. Sente-se quase em paz. Bem mais do que com sua família desconfiada. Não tem fome, nada deseja. Seu menino deve voltar para casa, e isso é tudo. Ele voltará, porque ela o espera. Porque ela o espera de verdade. Seus pensamentos se agarram à lembrança, à esperança. Aquela mulher viverá, agora, na lembrança e na esperança. Ela faz um juramento: até a volta do primogênito, continuará a tecer um elo entre ambos. Toda a sua energia deve ser canalizada para esse fim. Seu espírito deve se fixar no objeto do seu amor, para assim visualizá-lo, esperá-lo. Ela quer convocá-lo em seus sonhos, furar a sombra que a visitou na aurora, há alguns dias. Se conseguir refazer tal sonho, se lhe for possível ver o rosto de quem se dirige a ela, ele voltará. É o que pensa. Naquela solidão escolhida, a mulher inventa uma mística da lembrança na qual o sentimento é um ato, algo mais poderoso do que uma força criada pela natureza. O que existe naturalmente só se torna bom ou mau quando em contato com uma vontade. Raras são as exceções a tal regra.

Ora, o que existe nela agora é exatamente a vontade, como jamais lhe havia acontecido. Ela olha a terra ainda úmida depois da chuva, aquele dilúvio que quase afogou *misipo*. No solo empapado, vê as pegadas do seu menino. A criança começa a se mover, de gatinhas. Avança tão depressa que é preciso vigiá-lo sem descanso. Ele tem bicho-carpinteiro. Sua mãe deve ter comido macaco quando estava grávida, é por isso que o pequeno não para quieto. É o que dizem as outras mulheres, brincando. É preciso deixá-lo perambular sem perdê-lo de vista, mas pronto, naquele dia ele escapa à sua vigilância. Ela reprime as lágrimas, segue ansiosa os seus rastros. Percebe o desenho de duas mãozinhas, a marca deixada por um joelho determinado. Na verdade, ele só põe na terra o joelho direito, mantém a perna esquerda esticada, ou levemente dobrada. Ele corre.

É nos fundos da casa que o encontra, lambuzando o rosto de lama, rindo a mais não poder. Ebusi sorri quando aquela cena lhe volta à lembrança. Pegando o filho no colo, começa a entoar uma cantiga de roda. Ela canta e pronuncia o nome do menino, diversas vezes. *Mukudi*, é assim que ele se chama. Pronunciar seu nome a acalma. Nem por um instante ela pensa que forças ocultas possam se apoderar da vibração daquele nome. Essa crença, uma das mais fortes da comunidade, de repente lhe parece uma bobagem. É de ser chamado que faz existir o que vive. Ao enunciar o nome do filho mais velho, ela o traz de volta para casa, consolida sua presença. É o que deveriam fazer todas as mães, todas aquelas cujos filhos são esperados.

Ebusi se concentra, recusa-se a se deixar distrair seja pelo que for. Os ruídos da noite que se instala não a atingem. Quando um clamor enlutado desce da colina na qual estão as habitações da família reinante, a mulher não pisca. O clã não precisa dela para chorar a velha Eleke. Ela não tem o sentimento de faltar com seus deveres, pensa que sua ausência não será percebida. E pouco lhe importa. Que venham encontrá-la ali, ela dirá do que se trata. Logo se deitará na única esteira que ficou na casa, como se sua volta estivesse prevista. Pela primeira vez desde o grande incêndio, Ebusi se sente em seu lugar. Obriga-se a não levantar a cabeça, a não voltar os olhos para a colina de onde vêm os gritos. É difícil ignorá-los. Sua intensidade não para de aumentar. A mulher mobiliza suas forças internas para não se deixar engolir pela tristeza coletiva. Ninguém se preocupa com a sua dor.

Eleke nunca deve ter sofrido a dor de ter um filho arrancado dela. A anciã viveu muito tempo, sem que nenhuma provação daquele tipo a tenha atingido. Desposou o eleito do seu coração, casou sua prole, viu nascerem e crescerem os netos. O clã realizará com cuidado os rituais visando acompanhar a passagem de sua alma. Considerando sua posição e sua função de curandeira, Eleke é daqueles cujos despojos serão exumados ao fim de determinado tempo. Seus restos, guardados num relicário de madeira coberto por uma pele, serão conservados num santuário. Nele será afixado um guardião, uma escultura cujos quatro rostos, voltados para os pontos cardeais, velarão sobre seu descanso. Sua morte não será um fim, sua ancoragem no seio do clã permanecerá. Não é portanto, questão de se emocionar. É assim que Ebusi vê as coisas, enquanto escrutina o céu onde incham nuvens cinzentas. Mbua, a chuva, se faz outra vez anunciar. A mulher se levanta, estica-se por um momento, penetra na casa.

O chamado dos tambores explode no mesmo instante que o trovão, para anunciar a novidade. Tem início uma prece, recordando, a cada ribombar das percussões, quem era a defunta, o que o clã lhe deve. Ebusi já não ouve. Fala com o filho, numa conversa de mão única. A mulher não se deixa impressionar pelo silêncio que lhe responde. Seu menino falará com ela. Voltará para ela.

*

Ninguém ousa se aproximar, dizer à matrona que não é ela quem deve fazer aqueles gestos. O caos se instalou no seio da comunidade desde o grande incêndio. Nada mais se faz conforme as regras. Em princípio, é incumbência das irmãs e filhas da defunta lavar seus restos, passar-lhe unguentos na pele. Na casa em que Eleke se extinguiu, Ebeise ocupa todo o espaço. Então, as mulheres da família se concentram em outras coisas, arrumam os lugares para o velório, dedicam-se ao preparo da refeição. Quando uma delas faz menção de entrar na casa para escolher uma esteira que será enrolada no corpo antes de enterrá-lo, a voz da matrona a interrompe:

— Deixe, eu farei isso. Esta aqui era mais do que minha irmã.

A insolente faz que sim, sai do aposento de costas, em sinal de deferência. Ebeise não pertence à linhagem dos chefes mulongo, mas todos conhecem os laços que a uniam àquela que acaba de falecer. É preciso, também, que se diga que ninguém tem coragem de se opor. Nem vontade. O chefe Mukano está ausente. O grande Mutango desapareceu misteriosamente no dia em que a sombra se fixou acima da casa comum. O guia espiritual também não está lá. Seu filho, Musima, não terá qualquer autoridade sobre a matrona, que é também sua mãe.

Logo depois da chuva ter parado, uma das coesposas de Ebeise, que nunca havia subido a colina, apresentou-se para lhe falar. Precisava entregar-lhe uma mensagem da mais alta importância. Diante da situação, nada pode fazer além de se calar e colocar seu traseiro num tamborete que lhe foi indicado, em frente à casa. Continua a esperar. A matrona e ela não trocaram uma só palavra. No momento, qualquer conversa parece impossível. Ebeise está de luto. Ninguém irá perturbá-la. Será preciso que tudo esteja acabado para lhe informar que uma das dez, a chamada Ebusi, tomou a decisão de voltar à casa isolada, sem revelar os motivos de sua atitude.

Ocupada com os cuidados que dedica à sua única amiga, a anciã tem consciência das presenças que a cercam. Sabe que alguém se deslocou até lá para vê-la. Sabe que os homens do Conselho, uma vez informados de seus atos, farão ouvir sua desaprovação. Já a censuraram pela partida de Eyabe, *uma violação extremamente grave de nossas leis,* conforme rugiram. Na ausência de Mukano, não ousaram sancioná-la, não sabendo se o chefe havia sido informado, se teria dado seu aval. Quando se apresentarem por ali, ela já terá terminado. Nenhuma ofensa será feita aos filhos de Eleke, que ocuparão seu devido lugar por ocasião das cerimônias. Aliás, todos eles compreenderam, e por isso a deixam trabalhar. Durante os dias que acabam de transcorrer, quando todos haviam pressentido que Nyambe retiraria o sopro do corpo da doente, os ocupantes da colina presenciaram o fato de que a mesma só tolerava a presença de Ebeise. As atitudes da matrona são corretas e leais.

Quando mergulha os dedos num cálice contendo óleo de *njabi*, a anciã rememora as últimas palavras audíveis de sua amiga. Eleke dizia ouvir Mutimbo, daquela vez com clareza. Ela sorria, acrescentando que não havia motivo para se preocuparem com Eyabe:

— Nossa filha está em segurança. Sua tarefa ainda não está terminada, mas tudo está bem.

A anciã ignora o que deve ser compreendido. Para ela, as últimas palavras continuam misteriosas. O nome dos bwele voltava diversas vezes, mas Eleke estava fraca demais, já a ponto de partir. A anciã é tomada por profunda exaustão. Gostaria de se retirar para um lugar tranquilo. Não ver mais todas aquelas pessoas. Não mais correr de um lado para outro para fazer nascerem crianças num mundo que se desfaz em farrapos. *Tudo está bem*, disse Eleke antes de fechar os olhos. Talvez. Nesse caso, ninguém verá inconveniente algum caso ela se afaste por um instante.

Depois do funeral, irá se instalar na casa deixada vazia pelas mulheres cujos filhos são esperados. Lá, poderá descansar, meditar, tentar compreender. Lágrimas lhe vêm aos olhos. Mundene, seu esposo, era quem deveria oficiar as exéquias que se seguirão. Seu filho está cheio de boa vontade, mas, como todos no seio da comunidade, está perdido, não sabe o que fazer. Falta-lhe autoridade. Apenas o chefe Mukano, ele também detentor dos poderes espirituais do clã, poderia de fato substituir o Ministro dos Cultos. *Tudo está bem...* Ela não tem certeza, mas, do fundo do coração, gostaria de dar crédito às palavras de uma moribunda. Quando uma alma está prestes a se desfazer da carne, ela vê, ela sabe o que os outros não podem perceber.

Os primeiros ribombos dos tambores *elimbi* e *ngomo* se fazem ouvir. O trovão explode. Um raio ilumina por alguns instantes o rosto de Eleke. Ela aparenta estar em paz, parece sorrir. A matrona enrola uma esteira em torno do corpo que esfria, fixa-a por meio de tiras sólidas, só deixa de fora a cabeça. Por ocasião do velório, a população verá o rosto da morta, a tranquilidade dos seus traços. Uma chuva forte começa a cair. É a segunda vez, naquele dia. Não é a época. Ebeise, agora sentada junto aos despojos, olha para fora. Mal enxerga aqueles que lá estão, os que vão se juntar a ela para que comece o velório. Seus olhos se fixam no dilúvio. Aquela chuva durará vários dias.

A anciã se pergunta se aquelas águas, como a sombra que foi vista obscurecendo a aurora, só se interessam pelas terras do clã. Estará chovendo da mesma maneira fora da aldeia? Se for o caso, a comunidade, que não se preparou, se verá isolada por algum tempo. Só poderá contar consigo mesma. A vida será difícil, para uma população privada de seus chefes. Seu retiro na casa comum não será compreendido. Rechaçarão seu egoísmo. Falarão de deserção. Esquecerão que nunca antes ela faltou aos seus.

*

Mukano e sua guarda marcham para *jedu*. Desde que partiram, fazem o possível para avançar com rapidez, dormem pouco, mal se alimentam, mastigam *nyai*[10], aquela noz branca, especialmente amarga, que afasta o cansaço. Foi no dia de *kwasi* ou no de *mukosi* que deixaram a aldeia para mergulhar na mata? Aqueles homens, embora treinados para permanecerem em estado de alerta, não estão em condições de, ao mesmo tempo, continuarem vigilantes e contar os dias com exatidão. Precisam chegar a um destino que só conseguirão reconhecer se encontrarem os irmãos desaparecidos. Todos gostariam

---
10 Noz-de-cola. (N. T.)

de ter a determinação do chefe, que assumiu a frente da fila. Como se soubesse para onde ir. Ele corta ramos para facilitar a passagem. Seus gestos são inábeis, ele não está acostumado. O avanço é mais lento do que deveria.

A verdade é que não há certezas, no que diz respeito à direção. A escolha do caminho a seguir foi determinada conforme as instruções da rainha dos bwele. E se ela mentiu? Mil perguntas se agitam e se entrechocam nos espíritos. Não há razão objetiva para pôr em dúvida as palavras de Njanjo, mas alguns se questionam. *Jedu*... isso é vago. Sobretudo quando é difícil se orientar pelas estrelas. A vegetação não permite distingui-las. Eles contam apenas com o astro do dia. É vital estar desperto pouco antes do alvorecer, quando o sol reaparece com o nome de Etume, antes de se tornar Ntindi, Esama, Enange... Sua quarta denominação, associada ao feminino, corresponde à forma que ele assume no final do dia.

Os homens não dão um pio, põem um pé à frente do outro, coçam a nuca e as têmporas deixadas nuas pelo penteado de soldados. Eles exibem um corte de cabelo *ngengu*, que os distingue dos outros homens do clã e até mesmo dos outros guerreiros. São a elite. A guarda do chefe. Não lhes é permitido explicar que gostariam de ter explorado o terreno antes de ver Mukano se aventurar por ali. Não estão autorizados a se queixar para dizer que, naquele momento, suas pernas estão tão pesadas quanto ramos de *njum*, que gostariam de parar um pouco. Comer. Os dois que transportam os víveres fecham o cortejo. Os que os precedem não se viram para eles, mas a lealdade proíbe que ponham a mão nos cestos para de lá extirpar um pedaço de carne, ou grãos torrificados. O que mais aborrece os carregadores, naquela ocasião, não é tanto marchar sem saber para onde. É carregar aqueles cestos que, em geral, apenas as mulheres manipulam.

Para eles, uma missão durante a qual homens são obrigados a assumir a silhueta sinuosa de mulheres em pleno trabalho campestre está destinada ao fracasso. Nunca antes coisa semelhante havia acontecido, na história dos mulongo. Sem dúvida, já havia acontecido de os guerreiros passarem dias no coração da mata. Para se alimentar, caçavam, como devem fazer os homens. Isso não é possível, dadas as circunstâncias. Parar não é possível. Ordem do chefe. Só deixam de avançar para dormir um pouco, quando as sombras noturnas são por demais densas. Na véspera, ele lhes ordenou que as desafiassem, que continuassem fosse como fosse, já haviam perdido mais de três semanas.

Enfim Mukano pareceu ouvir a razão e consentiu numa pausa. Ele não pregou olho, a noite inteira. Os homens perceberam, ao se revezarem para assumir seu turno de guarda. O chefe, encostado numa árvore, seu *mpondo* lhe cobrindo os ombros, passou todo o tempo a escrutinar a escuridão, talvez acreditando nela descobrir sinais. Às vezes, pensaram vê-lo conversar com alguém, uma presença invisível. Depois concluíram que não, ele apenas mastigava raízes ou cascas de árvores. Tão logo amanheceu, a marcha foi retomada, silenciosa. Mukano engoliu alguns copos cheios de um suco de folhas de *bongongi*, nada mais. Desde que deixaram as terras do clã, ele quase não se alimentou, comportamento considerado inquietante. Por respeito e por afeição ao chefe, os homens uma vez mais se abstiveram de comentar. Entretanto, se as coisas continuarem daquela maneira, será preciso agir. Não há lugar para uma alma confusa quando se trata de conduzir uma missão como aquela.

À frente da fila, o *janea* é o primeiro a constatar a mudança do terreno. O solo, sob seus passos, torna-se pantanoso. Muito depressa, a água lhe chega às panturrilhas. Diante dele, arbustos como nunca viu erguem-se sobre raízes adventícias que mergulham numa lama negra. Uma miríade de insetos, que ele tenta em vão expulsar ameaçando-os com seu bastão de autoridade, zumbe no ar sufocante. Chega o crepúsculo. Nuvens de contornos pesados estão prestes a estourar, para liberar uma chuva nada bem-vinda num lugar como aquele. Mukano abaixa os olhos, observa a terra estranha, movediça, sobre a qual é preciso continuar a andar. Mesmo que passem depressa pela chuva, voltarão a encontrar um ambiente seco? Franzindo as sobrancelhas, ele tenta se mover.

O barro liberta-o de uma de suas *mbondi*, que se perde no lamaçal. Erguendo o pé descalço, ele o examina como se o visse pela primeira vez. Como se o membro pertencesse a outra pessoa. O chefe dos mulongo vê desfilarem os dias transcorridos desde o grande incêndio. Em que momento ele errou? Deve ter cometido uma falta, para que Nyambe o abandone. Então, ele se questiona. Deveria ter ignorado a covardia do Conselho, ir à procura dos desaparecidos tão logo constatada a situação? Deveria ter revelado o crime de Mutango, aquele estupro incestuoso na própria noite do incêndio? Mukano revê cada acontecimento, censura-se, por um instante, de ter deixado o irmão nas mãos dos bwele. Depois, sacode a cabeça, pensa que os criminosos, no país mulongo, são banidos para serem entregues à vingança ou à clemência do invisível. Não são condenados à morte porque a vida humana é sagrada, mas são expulsos.

Seu ato apenas se limitara a afastar um ser maligno. Então, o que houve? Teria sido preciso que aquelas cujos filhos são procurados continuassem na casa comum? Teria sido preciso ir vê-las quando um grito se fez ouvir ao cair da noite? Teria sido preciso aguardar a volta dos homens ausentes para impor uma cerimônia ao clã? Antes de deixar a aldeia, ele tomou o cuidado de se dirigir aos espíritos. Chegou mesmo a interrogar o *ngambi*, que não lhe deu resposta precisa. Precisou se contentar com uma frase:

— Filho de Mulongo — disse o oráculo, — nada mais será como antes. Eis chegado o reinado de Mwititi.

A frase não lhe deu as instruções esperadas. A decisão era dele, ele a assumiu, para honrar sua posição. O Mal, ensinara-lhe o pai, só existe para ser combatido. E ele às vezes acrescentava estas palavras das quais Mukano se esquecera: *É preciso lutar sem a certeza de ver, pessoalmente, o dia do triunfo.* O chefe dos mulongo põe na terra o pé descalço, solta um urro que o trovão abafa. Chove.

TERRAS DE CAPTURA

Eyabe retomou a marcha, uma lua depois do enterro de Mutimbo. O tempo do luto, uma vez que era, de certa maneira, a única família do defunto. E também o tempo de aprender a língua de Bebayedi, de se fazer compreender com clareza. O menino mudo, que se apegara a ela, seguiu-a. Foi impossível obrigá-lo a ficar em Bebayedi. Então, ele caminhava a seu lado, a mãozinha presa à da mulher. Homens da comunidade os ajudaram a subir a correnteza do rio, a bordo de uma jangada precária. Cada instante daquele percurso foi uma tortura. Pouco habituada à água, ela temeu mil vezes cair, perder-se para sempre. Nyambe não permitiu. Seus acompanhantes os deixaram nos limites de seu território, lá onde a terra firme reassume seus direitos. Na volta, será preciso esperar, aguardar que voltem, por vários dias. Eles pouco vêm até ali, por medo de encontrar litorâneos, de revelar a existência de sua aldeia. A mulher está pronta. Aguardará, é o que diz em voz baixa ao seu interlocutor. A partir de Bebayedi, retomará seu caminho até a aldeia mulongo. Aquele que a escuta insiste para que continue o relato de sua viagem. Balançando a cabeça, ela conta.

A tira da sua cesta machucava a testa. Às vezes, lhe vinha a vontade de tirá-la, de respirar um pouco. Nesses momentos, ela se dirigia ao menino que não respondia. Não tinha importância, ela sabia que ele ouvia, que uma parte dele compreendia o que ela dizia. Caminhavam há dois dias, provavelmente três, quando ela parou diante dele, como já tinha feito em Bebayedi. Colocando a mão no próprio peito, batendo no busto diversas vezes, ela disse "*Eyabe*" e repetiu seu nome até que ele concordasse com a cabeça.

— Eyabe — fez ele, com o dedo apontando para ela.

A voz enroquecida do pequeno arrancou-lhe lágrimas. Tinha o olhar embaçado ao encostar a palma da mão no torso da criança. Ele respondeu:

— Bana.

A mulher riu, porque aquela palavra, em língua mulongo, significa "as crianças". Pensou que ele confundia aquele termo com *muna*, que quer dizer "a criança". Era assim que ela o chamava lá, em Bebayedi. Voltaram a andar. Depois disso, ele não pronunciou nenhuma palavra, por muito tempo, mas seu rosto estava iluminado, aberto, deixando-se colorir por expressões variadas. A mulher não pedia mais. Quando estivesse em condições de falar com ela, ele o faria.

Ao longo do caminho, ela continuou a ensinar-lhe a fala mulongo, nomeando, mais uma vez, os elementos presentes na natureza: bosque, folhas, terra. As partes do corpo. As ações: andar, comer, beber, dormir... Aquilo lhe deu uma sensação de tranquilidade. Partilhar, transmitir. Fazer o mundo existir de novo para alguém. Algumas vezes, lançou-se em discursos a respeito de assuntos complicados, a cosmogonia e a espiritualidade mulongo, que sentiu necessidade de recordar. Era preciso que se lembrasse que sua identidade não era ser uma mulher isolada, perdida na imensidão de *misipo*. Era oriunda de um povo que possuía um idioma, costumes, uma visão do mundo, uma história, uma memória. Era filha de um grupo humano que, há gerações, ensinava aos descendentes que o divino se manifestava através de tudo que vivia.

Uma manhã, ela sentiu que em breve chegariam a um espaço habitado. Para afastar sua apreensão diante da ideia de encontrar pessoas hostis, Eyabe começou a recitar:

— Nyambe é o criador de todas as coisas. Foi fracionando sua própria força, dispersando-a, que ele gerou o mundo. Ele é a totalidade no seio da qual tudo se une, torna-se uno. Como os humanos não são capazes de suportar vê-Lo e nem mesmo imaginá-Lo, Ele escolheu se mostrar através de divindades secundárias chamadas *maloba*. Cada *loba* representa uma parte da energia vital.

Interrompeu-se, tendo esquecido os nomes de algumas daquelas entidades e o de suas manifestações terrestres. Depois de uns instantes de silêncio, explicou que o mundo era dividido em quatro partes:

— Dikoma, a morada de Nyambe. Sodibenga, onde residem os *maloba* e os defuntos honoráveis. Wase, onde vivem os humanos. Sisi, que o sol atravessa durante a noite antes de reaparecer na aurora e é o habitat dos ancestrais comuns e dos gênios.

Eyabe falava antes de tudo para si mesma. Suas frases, aliás, não eram tão estruturadas como de hábito. Ela se perdia em digressões, não sabia mais muito bem se os quatro elementos haviam nascido das bodas de Ebase e Posa, ou se haviam sido gerados por Ntindi e Ndanga-Dibala. Rindo, nervosa, ficou atenta quando lhe pareceu ouviu um barulho, diminuiu o passo, fez menção de parar. Aquela aventura lhe parecia, de repente, insensata. Uma mulher nada tinha a fazer pelas estradas. Se lhe acontecesse alguma coisa, ninguém saberia. O menino puxou-a pela mão, incentivou-a a prosseguir. Ela o olhou sem saber o que fazer. Os encontros nefastos, com humanos mal-intencionados ou bestas esfomeadas, lhes tinham sido poupados. Durante todo o périplo, não faltou alimento, nem locais em que se abrigar à noite, mesmo que às vezes precisassem se contentar em dormir debaixo de uma árvore. Renunciando a encontrar o país da água, ela se arriscava a ofender o invisível que a havia protegido.

Eyabe sabia disso. E, no entanto, não conseguia mais andar, não parava de olhar para trás, falava sozinha:

— E o país da água, esse oceano de que me falaram, pertence a Wase ou a Sisi?

As palavras dos ancestrais não o mencionavam. De repente amedrontada, ela levou as mãos à cabeça, perguntando-se por que a matrona havia consentido em encobrir sua fuga, por que não a tinha impedido. Desde sempre, na aldeia, era censurada pelo seu comportamento pouco feminino. Teria Ebeise desejado se livrar de uma mulher incômoda para uma comunidade atingida pela desgraça? Teria sido banida sem que lhe fosse dito? Teria sido sacrificada ao invisível na esperança de fazer com que a harmonia voltasse à aldeia?

Aquele que disse se chamar Bana tocou, com a ponta dos dedos, a sacola que, contendo um pote de terra, batia no quadril esquerdo de Eyabe. Os traços do menino exprimiam, naquele momento, uma maturidade e uma gravidade que não eram da sua idade. A mulher compreendeu que ele não a seguira por acaso. Talvez até mesmo a estivesse esperando lá em Bebayedi. Ela se calou. Foi ele quem falou:

— Inyi — declarou ele, — nós vamos chegar.

Ela não tem certeza de que ele tenha aberto a boca para enunciar aquela frase, mas ouviu-a com clareza, pensou em lhe dizer que aquele nome não lhe convinha, porque era o de Nyambe em sua forma feminina. Inyi é a guardiã dos laços, muitas vezes ocultos, que unem os elementos da Criação. É o princípio feminino, a energia que encarna o mistério da gestação, o conhecimento do que deve acontecer.

Eyabe, portanto, teria preferido ofuscar-se, com humildade, recusar-se a se tornar, fosse como fosse, a matriz suprema. Era, porém, tarde demais para se opor ao destino que ela mesma escolhera. Quer se tratasse ou não de uma expulsão, ela havia desejado abandonar as terras de seu clã. Quando o fez, suas motivações eram mais poderosas do que qualquer temor. Quando o fez, parecia-lhe cometer um erro ficando surda ao chamado do seu primogênito. Quando o fez, assumiu a responsabilidade de agir em nome de todas aquelas cujos filhos não foram encontrados, todas aquelas que viram, em sonhos, uma sombra instigando-as a lhe abrir a porta.

A mulher lembrou-se ainda da chuva, quando acabavam de confiar Mutimbo à terra. A tempestade havia sido tão terrível que ela acreditara nunca mais poder sair de Bebayedi. O rio Kwa, saindo do seu leito, invadira as terras da comunidade confinada em suas habitações sobre pilotis. Tinha sido preciso apresentar tesouros de persuasão para convencer os homens de acompanhá-la ao longo do curso d'água, aproveitando uma calmaria. E quando eles os deixaram, Bana e ela, começou a chover outra vez. De uma maneira estranha, o dilúvio parecia correr atrás deles, sempre parando a alguns passos, mal lhes roçando os calcanhares. No meio daquele temporal, o raio caiu, dividindo em duas uma árvore que crescia não longe dali. Naquele dia, eles haviam caminhado da aurora ao crepúsculo, a toda velocidade, sem se dar tempo de parar para comer, sem beber.

Depois, caiu a noite. Eles deslizaram para dentro de uma casa provisória, uma habitação rudimentar, provavelmente um abrigo de caça. Lá, apertados um contra o outro, esperaram por muitos dias a passagem da chuva, temendo ver aparecer a qualquer momento o proprietário da cabana. Ele jamais mostrou sequer a ponta do nariz.

— Você tem razão — ela deixou escapar, os olhos mergulhados nos de Bana. — Nós vamos chegar.

Não se questionou quanto à rapidez com que ele havia assimilado suas lições da língua mulongo. Não lhe perguntou se ele queria dizer Ina em vez de Inyi, a primeira sendo um *loba* feminino cuja história ela lhe havia contado, não a matriz primordial e sim a mãe de todas as mães. Não era mais hora para questionamentos.

Eles realmente chegaram, pois ela lá está naquele instante. Nunca teria acreditado que fosse possível, já se considerando feliz por ter podido recolher os relatos de Mutimbo. Quando ela e Bana atravessaram a fronteira deste país, ficaram surpresos por não haver guardas no local. Lá onde ela esperava descobrir uma cidade tão importante quanto Bekombo, a capital dos bwele, da qual tanto ouvira falar, não parecia haver nada além de uma aldeia comum. Nenhum sinal de opulência, nenhuma magnificência comparada à que evocavam aqueles que haviam visitado o país bwele. Primeiro, Bana e ela pararam para observar melhor o que se desenrolava diante deles. Depois, dando com cuidado alguns passos, viram que ninguém lhes dava atenção. Ocupados em correr de um lado para outro, os habitantes do lugar simplesmente não os viam. O grosso da tropa convergia para um mesmo ponto. Sem refletir para o fato de que seu penteado ou as escarificações que lhe marcam o busto a identificariam como estrangeira, Eyabe pensou que a multidão os protegeria. Silenciosos no meio da massa, não seriam percebidos. Ela teria, assim, tempo para elaborar um plano.

— E então — ela explica, — nós corremos, como todo mundo. Foi assim que chegamos lá onde você nos encontrou.

A população se tinha reunido para assistir ao funeral de um notável, um certo Itaba, pelo que ela havia entendido. Homens de pés de galinha estavam presentes, expressão séria, ar de sofrer com o calor úmido que grassava. Só podiam ser eles, pela descrição de Mutimbo, mesmo que jamais os tivesse visto. Com aquelas roupas, eles realmente tinham pernas engraçadas. Havia lá também outros dignitários estrangeiros, que se tinham instalados em tamboretes arrumados para esse fim. Acima de suas cabeças, estranhas flores de tecido brilhante, cuja haste em madeira era segura por serviçais, mantendo-os à sombra. Foi entre os convivas de alto nível, ou melhor, ao lado deles, que ela o reconheceu.

Quando levava uma das mãos à boca para reprimir um grito diante do espetáculo que se desenrolava à sua frente, um rosto lhe chamou a atenção.

— Eu queria me impedir de gritar ao ver as esposas do morto degringolando para o fundo da fossa que deveria receber os despojos. Foi então que vi Mutango.

Poderia não tê-lo reconhecido, de tanto que ele havia emagrecido. Ele abanava uma mulher, aparentemente nobre, sentada entre os notáveis estrangeiros. O homem que a escuta diz:

— É a princesa Njole dos bwele, irmã da rainha Njanjo. Pelo que compreendi, Mutango está agora a seu serviço. Ignoro como isso aconteceu.

Eyabe retoma a palavra. Mutango desapareceu da aldeia no dia em que Mwititi se instalou acima da casa comum. Da última vez que ela o viu, antes de avistá-lo aqui, ele estava de pé junto à casa em que dez mulheres mulongo haviam sido reunidas. Depois disso, não sabe dizer o que houve, como o imponente notável, tão temido em sua aldeia, pôde ter se tornado o criado dócil de uma princesa bwele. Seria preciso esclarecer o assunto, mas não é isso o que lhe ocupa a mente naquele momento. Bana adormeceu, a cabeça descansando nos joelhos daquela que ele chama de Inyi. A mulher encara seu interlocutor. Ele sabe o que ela gostaria de perguntar e, tranquilo, adia o assunto.

— Conversaremos amanhã. Hoje à noite, tente dormir.

No momento, ele não se sente capaz de contar aquela história, que acreditava enterrada em sua memória para sempre, sem a menor possibilidade de inseri-la na do seu povo.

A mulher segura-lhe a mão. Ele lhe dirá, pelo menos, que território é aquele? Será mesmo o país da água em busca do qual ela partiu? E o que são aquelas cabeças raspadas que viu?

O homem dá de ombros e responde apenas:

— Eu sou como todas estas pessoas. Nós somos aqueles que a água não levou. Aqueles de quem a terra tudo tirou. Nos roubaram o caminho que nos teria permitido voltar para casa. Arrancaram nossos nomes. Ao contrário do povo de Bebayedi, do qual você me falou, nós não pudemos fugir nem nos recriarmos em algum lugar.

Ele se cala, baixa os olhos para o perfil de Bana, que dorme com a boca aberta, abandonado no colo da mãe que escolheu. O homem examina por um bom tempo o rosto da criança. Um estremecimento passa por ele, quando recomeça:

— Como você pode ver, este país pertence a Wase. Entretanto, a terra acaba aqui. Para lá, só existe água. Se o lugar que você procura é a beirada do nosso mundo, você chegou ao seu destino. Mãe... agora descanse. E abrace Bana. Amanhã falarei com você.

A mulher está esgotada demais para protestar. Acaricia com o olhar aquele que em tão pouco tempo se tornou um homem.

Ele estende no chão um tecido usado. Eyabe se deita, puxa para bem perto o corpo frágil de Bana, logo fecha os olhos. Os últimos acontecimentos da sua aventura vêm girar em seu primeiro sono. Ela os vê de diversos ângulos, como se seu espírito pairasse acima da multidão. Os detalhes aparecem com clareza. É bem Mutango que lá está, segurando com as duas mãos uma grande folha de *dikube*, da qual se serve para abanar uma mulher que não lhe dirige um só olhar. É ele, a cabeça agora raspada. Suas escarificações rituais continuam a indicar seu nível social, mas um bracelete de metal cinge seu tornozelo direito, para significar que ele não se pertence mais. Eyabe compreende isso, porque alguns habitantes de Bebayedi o usavam, até que o ferreiro os livrasse daquilo. O homem vestia um simples *dibato* em casca de árvore batida. Seus amuletos protetores lhe haviam sido tirados. Quando seus braços fraquejam, a princesa Njole lhe lança um olhar frio, que traz de volta sua vitalidade. Ele tem medo, é evidente. Aquela mulher o aterroriza. Como é possível? Sua dona lhe dirige algumas palavras. Ele responde com gestos cheios de deferência. Quando ela espeta seu pé com uma flecha, sem dúvida para lhe estimular a energia, ele escancara a boca, lutando para guardar no fundo das entranhas, o grito que gostaria de dar. Eyabe vê, entre os dentes, a língua cortada da qual só resta um minúsculo pedaço. Estremece, desvia o olhar.

Bem perto, uma mulher cercada de gente. Talvez seja a rainha Njanjo. Seu toucado lhe cobre os cabelos, as têmporas e o queixo, tão bem que só se pode distinguir seu rosto anguloso. Como a irmã, ela mantém os olhos fixos à sua frente, lá onde se realizam os rituais. Um homem de alta posição se dirige à multidão. Ele fala do defunto, cujo corpo, que foi instalado em cima de um tamborete, está envolto num tecido grosso. O orador nomeia agora as esposas do morto, recita sua genealogia. Elas se aproximam. A multidão as aclama e começa a cantar. As mulheres fazem fila, encaram a fossa que deve acolher os despojos. Um colosso aguarda, à sua direita. Após algumas palavras do orador, ele se adianta, coloca-se atrás da primeira, ergue-a do chão, atira-a no fundo da sepultura. Seu gesto é perfeitamente controlado. Ele o repetirá com cada uma das viúvas. Nenhuma tenta fugir. Algumas lançam um grito que se apaga tão logo tocam o fundo.

Uma delas, contudo, mostra-se revoltada. Eyabe compreende, ao ver a princesa Njole se levantar, que se trata de uma mulher bwele, dada em casamento a Itaba. Njole ordena que ela se acalme, lembrando que, entre os litorâneos, a esposa é um bem do marido. Ela deve se submeter aos usos de sua comunidade por aliança. Não lhe será perdoado humilhar, por seu comportamento, o povo que a gerou. Eyabe não compreende a língua de Njole, mas basta ficar atenta à cena para saber do que se trata. Quando a princesa arqueira empunha seu arco, nele desliza uma flecha e faz pontaria, todos na multidão compreendem a mensagem. A viúva recalcitrante cai de joelhos. Chora. Implora. Njole dá um último aviso. A esposa rebelde se levanta, desafia a arqueira com o olhar, livra-se devagar do toucado, das joias, das roupas. Uma vez despida, dá as costas a Njole. Ao fazê-lo, obriga os dignitários bwele e os outros a contemplar seu traseiro desnudo. Entre os mulongo, tal gesto é uma das piores ofensas que existem. Traz consigo uma maldição. Aparentemente, aqui também é o caso. Da plateia, ouve-se um rugido, tão forte que se acreditaria vindo das profundezas da terra.

Eyabe treme, pergunta-se se os filhos das viúvas sacrificadas assistem ao que acontece. A visão das que aguardam a vez lhe é intolerável. A sétima desmaia, desaba dentro do buraco, sem ajuda de ninguém. Sem piscar, o colosso passa à seguinte. É nesse exato momento que Eyabe leva uma das mãos à boca para abafar um grito. É nesse exato momento que alguém se aproxima por trás dela, cobre-lhe os ombros com um pano colorido como o que algumas pessoas usam aqui. Segurando-lhe com firmeza os braços para evitar movimentos desordenados, ele a puxa para perto dele com gentileza e sussurra:

— Mãe, não se mexa. Não se vire. Leve a criança com você, saia do grupo. Eu estarei atrás do *buma*.

De quanto tempo ela precisa para ter certeza de que acabam de lhe falar na sua língua? Segurando a mão de Bana, ela obedece tremendo, procura o *buma* com os olhos, fica imóvel quando o vê. É o menino que, mais uma vez, a incentiva a ir adiante. Contornam o imenso tronco da árvore. O homem lá está. Sozinho. Cabeça raspada. Um bracelete de metal ao redor do tornozelo direito. Ele não a abraça, não sorri, não pergunta o que ela faz ali, como encontrou o caminho. Com um olhar apagado, encara Bana. Os três ficam em silêncio por alguns instantes. É ele quem toma a palavra, os olhos sempre voltados para a criança:

— Mãe, permita que eu não lhe dê as boas-vindas... Sigam-me, os dois, vocês não estão seguros aqui.

Eyabe não assiste ao final do funeral. Já viu demais.

Os cantos da população enchem o espaço, misturando-se ao frenesi dos tambores. A mulher e a criança se afastam sem atrair as atenções. Eyabe olha fixo para as costas do seu guia. Não lhe dirigiu uma única palavra, esperando, para fazê-lo, confirmar se ele é realmente aquele que acredita ter reconhecido. Detendo-se no bracelete que ele traz no tornozelo, pensa que aquele objeto não lhe entrava os movimentos, mal atrasa a cadência de seus passos. Por que ele não foge? Ela viu, ao penetrar no território da aldeia, que o acesso não era vigiado. Não hoje, de qualquer forma. Se ele se esgueirasse para fora, ninguém perceberia. Aquele homem talvez seja um *bwele*. Um tipo de gente do qual desconfia, depois do que lhe contou Mutimbo. Alguns *bwele* conhecem a língua mulongo. Para preparar seu ataque noturno, eles, sem dúvida, tiveram o cuidado de observar os hábitos de suas presas.

O indivíduo talvez a tenha visto, até mesmo muitas vezes, quando ela ia à fonte com outras mulheres do clã. Eyabe reflete em tudo isso, mas ainda assim o segue.

    Atravessam boa parte da aldeia, afastam-se da praça onde acontece o funeral. E também da saída. Se ele a atrai para uma armadilha, ela não escapará. A mulher aperta com mais força a mão de Bana. Caminham por uma trilha, sem se aproximar das casas, contornando-as de propósito. As habitações desertas se parecem demais com as casas mulongo. Só faltam os totens familiares plantados junto às portas de entrada, os utensílios das mulheres preparando a refeição do dia. Uma velha impotente está sentada na frente de uma dessas moradas. Vendo-os passar, ela murmura alguma coisa inaudível e lança uma longa cusparada na sua direção. O jato mucoso cai no chão, errando por pouco os passantes. Eyabe desvia os olhos, aperta as dobras do pano que lhe cobre os ombros. Em pouco tempo, os três atingem um bairro separado do resto das construções. Ali, as casas, menos numerosas, parecem ter sido erguidas às pressas. Todas, com exceção de uma edificação como nunca viu igual, quase tão alta quanto um jovem *buma*, com muros brancos que se diria talhados na rocha. Eyabe para. Alguma coisa a perturba. Aquele prédio a amedronta. A única abertura que distingue tem grades. A mulher ignorava que coisa assim pudesse existir.

    Seu guia se vira. Com a mão, faz sinal para que ela se apresse. O lugar para onde a conduz fica bem perto daqueles muros altos. Em torno deles, naquela parte da aldeia, há dezenas de pessoas que não assistem ao funeral. Todos usam um bracelete no tornozelo, até as crianças. Todos têm a cabeça raspada. Para Eyabe, aquilo parece uma comunidade de pessoas enlutadas. Ela não ousa imaginar que se sintam aniquiladas pelo próprio desaparecimento. Todas nasceram de uma mulher. Todas receberam um nome, foram situadas numa linhagem. Todas tiveram seu lugar no seio de um povo. Todas eram depositárias de uma tradição. Ainda sabem disso? Há quanto tempo estão ali? A emoção é forte demais para se manifestar. Eyabe continua sem voz. As palavras de Mutango lhe voltam à mente, ela compreende do que se trata. Ali está a prova. E ainda assim, em sua obstinação de encontrar o país da água para realizar um gesto sagrado, ela não imaginara se encontrar diante daquelas figuras. De certa forma, havia se esquecido de que a sombra tomara conta do mundo.

Ouve-se um barulho de água. Ela pensa num rio, como o que corre perto de Bebayedi, reconhece o cheiro que a incomoda desde que está ali: tudo fede a peixe. Ela tem um sobressalto. O homem dá meia-volta e a encara:

— Mãe — diz ele, — vamos. Siga-me até onde eu vivo. Não falta muito.

Desta vez, ela examina seu rosto, deixa os olhos percorrerem o seu torso. As escarificações que lhe atravessam o peito são as de um jovem iniciado mulongo. As que lhe cortam as têmporas indicam a sua linhagem. E aquele rosto. Ele se parece tanto com a mãe... Ela não se enganou. Por que aquela frieza? A atitude do homem não permite efusões. Ela gostaria de gritar, de beijá-lo como faria aquela que o pôs no mundo. Ele voltou a lhe dar as costas, não lhe resta senão segui-lo.

A mulher ouve a água, cada vez mais presente. Gemidos emanam da edificação rochosa que ultrapassam antes de entrar numa casa tão precária quanto as outras. Lá dentro, não há nada. Nada além do chão nu, das paredes feitas de galhos mal amarrados. É ali que ele vive. Sozinho. Ninguém deseja partilhar com ele aquele espaço. Têm medo dele porque ele não fala. Isso lhe convém. Ele não quer companhia alguma.

— Filho — diz Eyabe, — nós não o perturbaremos por muito tempo.

O homem abaixa a cabeça:

— Não foi isso o que eu quis dizer... Se é para mim impossível festejar a sua chegada aqui, eu farei tudo o que puder para tornar sua estadia suportável.

Agora que estão longe dos olhares, poderá ela lhe explicar como uma mulher conseguiu encontrar o fim do mundo? Ele conhece a reputação dela, mas a estrada é longa desde o país dos dois. Eyabe o presenteia com um sorriso triste:

— É claro que eu contarei. Mas, agora, você pode nos conseguir algo para comer. Eu deixei minha sacola nos arbustos, antes de entrar nesta aldeia. O menino não come nada desde...

O homem a interrompe:

— Mãe, este aqui é uma multidão. Você bem sabe.

São essas últimas palavras que abrem, para Eyabe, a entrada no segundo sono. O mais profundo. Quando ela cai nele, não são as imagens da viagem feita que vêm até ela, e sim perguntas sem respostas. Onde está a água cujo murmúrio ouviu? Quem vive no prédio branco? Por que os de cabeça raspada parecem aceitar seu destino? Por que seu anfitrião está ali, e sozinho? Que motivos o teriam levado a dizer que Bana era uma multidão? Terá ela forças para refazer o caminho no sentido oposto? O que está acontecendo na aldeia? O homem gostaria de voltar com ela?

Sua noite é agitada. Ela se debate como um inseto preso numa teia de aranha. Sabe que muitas provações ainda acontecerão. Se sua presença for descoberta, talvez lhe raspem a cabeça. Passarão o metal em seu tornozelo. E ela então saberá o que prende os cativos naquele lugar. O que os impede de se jogar nas estradas, não importa quais, contanto que retomem a posse de si mesmos. O barulho da água se mistura às interrogações. Gritos vindos da mansão rochosa também se associam. O descanso de Eyabe não passa de um longo tremor.

*

O solo secou mas, nas terras do clã mulongo, a vida não retomou o curso habitual. Reunidos na casa dedicada aos debates, os anciãos não conseguem se entender. Só estão de acordo num ponto: Mukano continua a ser o chefe da aldeia mas, em sua ausência já prolongada, é preciso um substituto. Quem indicará o interino? É bem esse o problema. Mutango tendo desaparecido, seus aliados não podem propor seu nome. Sem dúvida, o chefe tem filhos, mas o mais velho ainda não atingiu a idade de homem. Não foi circuncisado. Confiar-lhe tal encargo seria um erro, ainda que o Conselho o assistisse. Por sua vez, Mutango, cuja prole é ainda mais numerosa do que a do irmão, só gerou filhas. Se tivesse reinado no clã, apenas um de seus netos poderia sucedê-lo, à condição de que tivesse sido iniciado e desembaraçado do seu prepúcio. Está-se longe disso. Todos ainda mamam nas mães. Os velhos estão sentados lá desde a aurora. O sol logo deixará o céu para empreender a travessia do mundo subterrâneo. Seus estômagos nem estão mais em condições de roncar, tanto os oprime a fome.

Não será a *nyai*, que compartilham naquele recinto, que os satisfará. Ora, sem qualquer solução, são obrigados a discutir até depois do cair da noite. O que equivale a dizer que nem todos têm certeza de encontrar uma refeição quente à sua espera. As mulheres não aceitam mais ficar acordadas até muito tarde, inclusive quando se trata de alimentar os esposos. Tudo vai por água abaixo desde a partida de Mukano. A desordem se instala.

Mais cedo, naquele dia, um deles fez esta proposta, que lhe valeu a ira de seus pares:

— Deveríamos ouvir Ebeise, num momento como este. Posso mandá-la chamar?

Os outros logo lhe disseram para tirar seu cavalo da chuva. A matrona escolheu se retirar dos assuntos da aldeia. Se ela, daquela vez, tomou uma decisão razoável, não se pode pensar em lhe faltar com o respeito. O que pronunciara aquela proposta apressa-se, uma vez mais, a tomar a palavra. De modo geral, ele não é dos que se fazem notar no seio daquela assembleia. Bem a contragosto, só tem ali um assento em razão de sua idade avançada. Até então, tem se mostrado de uma fidelidade imaculada a Mukano. Não é a situação atual, por mais excepcional que seja, que o fará se desviar de sua conduta.

Ele limpa a garganta para assinalar seu desejo de se exprimir. Uma vez todos os olhares voltados para ele, demora-se em apresentar a cabaça contendo nyai, oferecendo-a a cada um com um gesto lento. Serve-se por último, morde uma noz, mastiga com dificuldade porque não tem mais todos os dentes, suspira quando termina, sendo o menor gesto um ato de bravura para um homem de sua idade. O velhote sente crescer a tensão. Conhece as objeções que os companheiros mal conseguem controlar:

— Mulengu, o que você espera para falar? Ei, Mulengu, não parece que você tenha alguma coisa interessante a dizer.

É, ele sabe o que os outros pensam. Entretanto, entre os mulongo, as regras da vida em comum são precisas. Não apenas os outros sábios devem ouvi-lo com a maior das atenções como, se não concordarem com a sua opinião, são obrigados a lhe opor argumentos sólidos. A seguir, um de cada vez, os membros do Conselho se pronunciarão contra ou a favor de sua sugestão. A voz do velho é clara, quando ele começa:

— Estamos num impasse. O pai de Mukano e de... Mutango só nos deu dois filhos. Todos os outros foram meninas. Algumas trouxeram homens ao mundo, isso é verdade. Contudo, são todas mulheres casadas, submetidas à autoridade de seus esposos. Se formos ver uma delas para lhe anunciar que seu filho deve ocupar a chefia, como reagirá o pai? Não lhe será fácil ter que obedecer à sua prole, ainda que por algum tempo. E saberá esse homem, a quem o bastão de comando será provisoriamente confiado, abandonar o tamborete de chefe depois de ter ali colocado as nádegas?

— Além disso, como será possível impedi-lo de possuir as mulheres do *janea*? Não será simples. Eu lhes digo, meus irmãos, não temos escolha, se quisermos preservar os nossos. A comunidade foi duramente posta à prova. A decisão que tomarmos será incomum, isso é certo. Para ser compreendida pela população, deve conter em si alguma lógica. Eis porque, considerando a situação de que todos temos conhecimento e que nenhum de nós poderia ter imaginado viesse a existir, eu penso que, para nos tirar desta dificuldade, só existe uma única solução: a interinidade deve ser ocupada pela filha mais velha de Mukano. Seu marido não poderá se sentir ofuscado. Quando o pai voltar, ela lhe restituirá o lugar, sem problemas. E, se ele não voltar à aldeia, o poder irá para o primogênito do nosso chefe, que estará então pronto para exercê-lo.

Interrompendo quaisquer protestos, o ancião termina dizendo:

— Lembrem-se de que este clã foi fundado por uma mulher. Portanto, não agiríamos em contradição com a história do nosso povo.

O silêncio que se abate sobre a casa do Conselho é tão esmagador quanto um tronco de *bongongi*. A maioria dos que lá estão não se veem prestando obediência a uma mulher, ou exigindo que os homens da aldeia façam o mesmo. Ainda que se trate de uma medida de exceção. A geração atual dos mulongo não conheceu os tempos da rainha Emene, que deveria, aliás, ser habitada por um espírito masculino. De outro modo, não teria conhecido tal destino. As disposições que lhes propõem são inaceitáveis, poriam em causa todo o funcionamento da sociedade. Os sábios não são favoráveis. Permanecem todos em silêncio, buscando argumentos mais válidos do que o simples temor de perderem suas prerrogativas masculinas. Sem se decidir, resolvem deixar a discussão para o dia seguinte. Começa a ficar tarde.

O velho Mulengu, batendo palmas, adia a sessão.

— Irmãos — diz ele, — retomaremos amanhã. Não é bom que o povo desconfie de nossa dificuldade em resolver este problema. Voltemos para junto de nossas famílias. E sobretudo, eu os conjuro, nem uma palavra a suas esposas. Eu os desaconselho, aliás, a passarem a noite com elas.

Os membros do Conselho aprovam com um balançar de cabeça. Em seu íntimo, irritam-se com ele por encurralá-los daquela maneira, por obrigá-los a recuar até seus últimos limites. Afinal de contas, é normal tentar manter seus privilégios. Se Mulengu pouco se importa, é porque já está com um pé na cova. As honras e os prazeres deste mundo já não lhe dizem grande coisa.

Mais depressa do que seria preciso para descrever, deixam o recinto, batem a cabeça no teto baixo da casa, arranham os braços no batente da porta estreita. Pelos seus rostos, pareceria que acabam de levar um golpe de bastão na cabeça. Uma fogueira foi acesa na praça da aldeia, mas eles têm dificuldade para se acostumar com a escuridão nascente. Batendo as pálpebras, esfregando os olhos, esticando suas carcaças anquilosadas, demoram-se perto da casa do Conselho o tempo necessário para distinguir melhor o que se agita por lá, a alguns passos de distância. Mergulhados em suas discussões, não perceberam os ruídos da aldeia. Ignoram também que os homens encarregados de vigiar o acesso do território foram abatidos. Os anciãos do clã mal têm tempo de compreender que as silhuetas que se dirigem para eles são as de caçadores bwele, liderados por um indivíduo de baixa estatura, vestido com peles de animais. Com um gesto autoritário da mão, esse último ordena a seus homens que se dispersem em silêncio pela aldeia. Alguns permanecem a seu lado. Dirigindo-se em idioma mulongo aos sábios que não tiveram chance de se pôr em movimento, ele diz:

— Nós não lhes faremos mal algum. Se ficarem calmos, tudo dará certo.

Quando seus soldados amarram e amordaçam os velhos, o baixinho declara:

— Estes aí não valem nada. Vamos deixá-los aqui.

Daquela vez, os bwele não recorreram ao fogo. Chegaram em número suficiente para levar a cabo um projeto há muito amadurecido. Nada foi deixado ao acaso. Em vez de anexar o território mulongo, para nele cobrar seu tributo de cativos, a rainha Njanjo, assim aconselhada, optou por outra solução. As recentes chuvas a convenceram. Durante o imprevisto dilúvio que durou mais de uma semana, a soberana dos bwele considerou que seria absurdo subjugar uma região inacessível por ocasião das temporadas chuvosas. Pouco desejosa de renunciar ao que poderia obter daquela população, optou por simplesmente transferi-la. Aquela noite marca a data em que o clã mulongo deixa de existir.

Os guerreiros mulongo nada sabem a respeito do combate à morte, como praticam os bwele. Os mais temerários são enviados para o outro mundo. Os outros se rendem, sem ter certeza de que seja melhor. Capitulam porque não é permitido aos humanos se exporem conscientemente à morte. Gritos ecoam aqui e ali. Injúrias são lançadas, maldições proferidas, tigelas de óleo quente atiradas em pleno rosto, pilões jogados nas partes íntimas. As armas da resistência são irrisórias. Ela não vencerá naquela noite. Já se sabe agora de onde veio o grande incêndio. Foi para anunciar, naquela noite, o desaparecimento do mundo conhecido, que a sombra se instalou acima da casa das mulheres cujos filhos não foram encontrados. Isso não havia sido compreendido.

Todos procuram um culpado. Para alguns, foram as dez mulheres. Aquelas cujos filhos não são mais esperados. Nunca deveriam ter sido autorizadas a voltar a ocupar seu lugar na comunidade. É bem provável que sejam cúmplices diretas dos agressores bwele. Assim se explica a ausência de Eyabe: ela foi prevenir seus comparsas, dizer-lhes como agir. Para outros, o chefe Mukano é o único responsável. Seja qual for a situação, um *janea* jamais abandona seu povo. Ele encarna aqueles que o precederam. Aqueles cuja imagem estilizada está esculpida em seu bastão de autoridade. Aqueles cujos restos são preciosamente conservados no santuário dos relicários. Uma aldeia privada de seu chefe é como uma ave que acaba de ser degolada: pronta para ser depenada. É o que está acontecendo.

Aos olhos de alguns anciãos, foram os disparates enunciados por Mulengu que atraíram a desgraça. Enquanto os amarram e amordaçam antes de jogá-los uns em cima dos outros no fundo da casa do Conselho, eles o acusam:

— Você está vendo no que dá querer inverter as coisas? Pelo menos você faz ideia das energias que mobilizou?

O velhote sustenta os olhares de raiva, estende os braços para que lhe prendam os pulsos e responde:

— Muito pelo contrário. Nós demoramos demais para repor as coisas no lugar. Era Mukano que deveríamos ter ouvido, desde o começo. Ele havia compreendido que nossos filhos nos tinham sido arrancados. Se nossa confiança o tivesse acompanhado por ocasião de sua visita à rainha dos bwele, ela nunca teria conseguido enganá-lo.

Seus atacantes não tinham lhes vindo fazer uma visita de cortesia. Njanjo os enviara, depois de ter cuidado de afastar o chefe do clã mulongo. O que Mulengu tentara fazer, com toda a modéstia, era preservar simbolicamente a figura de Mukano. Escolher um substituto fora da linhagem do chefe ausente seria desacreditá-lo.

— Ora, nada tínhamos a lhe reprovar, exceto sua correção. Ao menos por uma vez, assumam sua responsabilidade.

A mordaça que lhe aplicam sobre a boca faz com que se cale.

Os sábios mulongo vão morrer amontoados na casa do Conselho. Têm consciência disso. Os homens bwele já os tinham deixado lá, certos de que não conseguiriam desatar suas amarras. Para eles, agora, é impossível trocar uma palavra, um olhar. Tudo o que podem fazer, queiram ou não, é ouvir por algum tempo os gritos, a fúria, e depois o silêncio. A rendição dos sobreviventes. Sem de fato querer, imaginam o que não veem. A população impotente sendo conduzida para a mata em pequenos grupos. Os bwele evacuam a aldeia, separam os habitantes, preparam diferentes comboios que encaminharão para diversos pontos de seu território. Não há como reconstituir o clã mulongo. Seria correr o risco de uma rebelião. Os homens, sobretudo os mais jovens, tomarão, a partir daquela noite, o caminho do litoral. Ao amanhecer, as mulheres ainda sem filhos os seguirão. A formação dos grupos os mantém ocupados parte da noite. O tempo de descansar não é agora.

Bwemba, o homem de pouca estatura que supervisiona as operações, vai de um lugar para outro, dá instruções. Tochas ardem em meio à escuridão. Mas não iluminam os lugares. A noite se tornou mais do que um momento. Ela é a duração, o espaço, a coloração das eras vindouras. Chegando diante da fila de homens mulongo que seus caçadores imobilizam, o comandante dos bwele balança a cabeça em silêncio. Depois estremece, como se picado por uma abelha:

— Alguém pensou em destruir os santuários? Vocês — ele ordena a dois soldados, — vão botar fogo nos relicários e na chefatura. Certifiquem-se de que não sobre nada. A casa do Conselho logo não passará de um túmulo, é inútil vocês se demorarem por lá.

Os que acabam de receber tal ordem separam-se do grupo. Tochas lhes são entregues. Não há neles qualquer hesitação diante do local onde são guardados os relicários. Não é preciso muito tempo para reduzir a cinzas a alma e a memória do povo mulongo. Meticulosos, aguardam até ver toda a estrutura pegar fogo, antes de subir a colina na qual se elevam as habitações dos mais altos dignitários do clã. Não têm pressa. Seus companheiros não os abandonarão. Não há mais ninguém ali. Nada a recear dos velhotes que, amontoados no fundo da casa do Conselho, exalarão, cedo ou tarde, seu último suspiro. Amordaçados, pés e mãos amarrados, tentar libertá-los só faria com que se cansassem mais depressa.

Quando os bwele atravessam a aldeia carregando galhos em chamas, sua sombra se esticando pelo chão, não têm um único olhar para a casa construída ao longe, lá nos confins da aldeia. Quando os mulongo foram desalojados de suas moradas, aquela casa, erguida num canto cercado de mato, à beira de um campo, não chamou a atenção. E no entanto há ali duas mulheres. Uma delas, a mais velha, ingeriu uma decocção de plantas que a fez dormir. Está muito cansada. Não abriu os olhos desde que teve a ideia de preparar aquela poção. Há muitos e muitos dias não conseguia adormecer. Muitos dias em que a tristeza lhe triturava o coração. Finalmente adormece, um sono sem sonhos. A outra está mergulhada em si mesma, imersa nos mais profundos abismos íntimos. Agachada no fundo do aposento, olhos fechados, balança-se para a frente e para trás, repetindo palavras só por ela audíveis:

— Mukudi, responde. Você não me ouve? Mukudi, quem chama é quem pôs você no mundo. MU kU Diii... Pelo nome poderoso de Ina. Em nome de Nyambe. Mu...

Desde que se instalou naquela casa, a mulher se isolou, fechou-se a tudo o que vive do lado de fora. Vendo chegar a matrona, não lhe dirigiu uma só palavra.

Tampando os ouvidos com as mãos, ela se subtrai, em permanência, dos rumores do mundo exterior. Assim, não ouviu os gritos, os ruídos de lutas, de correrias. Assim, ignora a passagem, naquele instante, de dois homens bwele, e o fogo que devora a chefatura, poupada quando do grande incêndio. Ebusi sente a garganta seca, mas pouco importa. Seu espírito está voltado para seu primogênito. Precisa falar com ele, pronunciar seu nome. Se ele estivesse morto, ela saberia, sentiria. A gente sente essas coisas.

— Mukudi ooo A MUKUDI eee... Eu estou esperando. Eu não sairei daqui. Não tenho medo de nada. Estarei aqui quando você voltar. Mukudi, quem chama é quem pôs você no mundo. Pelo nome poderoso de Inyi...

*

— Eu sei — diz o homem — que uma coisa dessas é proibida, mas o que nós vivíamos já era uma inversão de todos os princípios. Só conhecíamos a eles e a nós mesmos. Aquilo não fazia sentido. E no entanto estávamos lá, marchando durante a noite ao longo de vias improváveis, cabeça raspada, punhos amarrados, nus como as crianças que havíamos deixado de ser, o pescoço preso entre ramos de *mwenge*, de um jeito que só nos permitia olhar para a frente, fitar a nuca daquele que nos precedia na fila. Passávamos tanto tempo nos esforçando para avançar num mesmo ritmo que logo aquele se tornou nosso único objetivo. Durante as paradas, podíamos pensar em outra coisa. Ter na mente outra coisa além do medo de perder a cadência, de cair, de provocar a queda de nossos irmãos. Ingênuos, devíamos pensar que manter o ritmo, naquelas condições, era uma demonstração de força. A prova de que nem tudo estava perdido. Nós os faríamos pagar quando chegasse a hora. Bem depressa compreendemos que nada seria assim.

"Nossos agressores eram numerosos, armados, todo o tempo em cima de nós. Era impossível falar, fazer um gesto, sem despertar suspeitas. E então eu parei de comer. Sem ousar convocar a morte em voz alta, eu a desejei ardentemente. Quando, no terceiro ou quarto dia, não sei mais, nosso tio Mutimbo parou de andar, um guerreiro bwele lhe plantou uma flecha na virilha. Ele caiu. Nós o deixamos para trás. Antes de ouvir da sua boca o que aconteceu com ele, imaginei que as hienas tivessem feito um banquete com seu cadáver. Essa imagem me perseguiu por muito tempo. Não podíamos nem ao menos nos virar para olhar para ele pela última vez. Não falo de lhe prestar as homenagens devidas a um homem, mas de um simples olhar. Aquela gente nos arrancou tudo. Tudo. Continuando a caminhar, alguns deles conversavam tranquilamente. Nós compreendíamos um pouco a sua língua, já que estávamos acostumados a que os notáveis de nosso clã recebessem comerciantes bwele, mas o essencial nos escapava. Acabávamos de chegar à idade do homem, nunca antes havíamos deixado nossas terras. Eu já pensava, e você me confirmou, que nosso tio Mutimbo havia começado a resistir porque talvez tivesse ouvido alguma coisa. Ele não teve tempo de nos dizer.

"Com o passar dos dias, eu enfraquecia. A fila se atrasava por minha causa, mas sem parar. A morte me opunha uma recusa categórica. Ela me deixou chegar, com meus irmãos, ao final daquela longa caminhada. Os bwele nos entregaram aos daqui, depois de terríveis discussões. Fomos examinados, contados. Deveríamos ser doze, então faltava um homem. Além disso, eu era fraco demais e nosso tio Mundene velho demais. Os bwele, no entanto, queriam receber a integralidade do que lhes havia sido prometido, argumentando que haviam assumido todos os riscos. Esse protesto desencadeou grandes gargalhadas em seus interlocutores. Ao que parecia, as operações de captura haviam sido confiadas aos caçadores da rainha Njanjo a pedido dos próprios. O velho Mundene nos explicou tudo, depois que fomos deixados sozinhos.

"Era a primeira vez, desde nosso sequestro, que nos encontrávamos entre nós. Tarde demais para que isso nos servisse de alguma coisa. Ficamos presos naquele prédio branco que você viu há pouco. No fundo de nossa cela, andávamos agora com tornozeleiras de metal. Se quiséssemos fugir, não poderíamos. Porque tínhamos aquelas amarras. Porque não sabíamos que caminhos seguir para voltar em segurança para casa. Nossos carcereiros não teriam dificuldades para nos recuperar. Eles se mantinham por perto. Não eram mais os bwele, cujo idioma nos era acessível. Eram estes daqui, os isedu, que são também chamados de litorâneos.

"Você se espantou por ter conseguido penetrar nesta terra com tanta facilidade. É que eles não precisam de guardas. Basta-lhes a crueldade. A vida humana não é por eles considerada sagrada, como é o caso entre nós. Para eles, como também, aliás, para os bwele, se a guerra é um ritual, trata-se de uma cerimônia macabra. Você viu bem de que maneira se desenrolam os funerais de seus dignitários. Parece que os dos príncipes são feitos em segredo. Nesse caso, não apenas as mulheres, mas também diversos notáveis são jogados vivos na fossa. É uma honra. Como nós, eles acreditam que a morte não passa de uma viagem, mas ninguém quer encontrá-la cedo demais...

"Um dia, nos fizeram sair da prisão para caminhar, respirar ar puro. Aproveitavam desses momentos para nos jogar água nos corpos. Dessa vez, não se tratava de um simples passeio. Fomos levados a uma praça, perto do oceano. Homens de pés de galinha nos examinaram de um jeito cuja descrição a decência proíbe. Depois nos deram as costas, começaram a parlamentar com o príncipe Ibankoro, soberano do litoral. Não compreendíamos suas conversas, mas sabíamos que nos diziam respeito. Pelo que sei hoje, estrangeiros vindos de *pongo* pelas águas queixavam-se de ter esperado demais pela entrega. Estavam atrasados, exigiam nos levar naquela mesma noite, recusavam-se a fornecer algumas das mercadorias reclamadas em troca. Nem todos nós éramos boas escolhas. Mundene era velho demais. Quanto a mim, não se sabia se eu viveria. Além disso, faltava um homem, já que o tinham abandonado aos abutres.

"Por fim, nos levaram para o prédio branco. O oceano rugia ao se jogar na areia, despejando ali uma espuma que tínhamos medo de que nos tocasse os pés. Saltávamos de lado. Nunca havíamos imaginado tamanha extensão de água. De nossa prisão, observávamos por uma fenda suas idas e vindas, seus pulos. Eu só olhei uma vez. Os outros se revezavam em frente àquele buraco minúsculo, tentando identificar tamanha extensão movediça. O seu filho, Mukate, era um dos mais assíduos. O oceano se tornou, para ele, uma obsessão, desde o instante em que tinha visto "o navio", a embarcação dos homens de pés de galinha. Ao cabo de algum tempo, ele se convenceu de que o oceano era uma passagem para Sisi, o mundo subterrâneo que o sol atravessa à noite. E se os estrangeiros de pés de galinha vinham à terra pelo oceano, então deviam ser espíritos, habitantes do mundo de baixo. Quando ele expunha sua visão das coisas, eu ficava em silêncio. Para mim, ele estava longe da verdade: era inútil sondar o poente para apreender o mundo de baixo. Tínhamos caído nele."

Eyabe estremece. O homem acaba de pronunciar o nome de seu filho pela primeira vez. Até ali, ele não havia nomeado nenhum dos homens de sua faixa etária, como se o fato de pronunciar seus nomes o expusesse a algum perigo. Ela apura o ouvido, faz um esforço para não interrompê-lo, esperando que ele chegue à parte da história que deseja ouvir. A mulher precisa saber por que motivo lhe chegou um chamado proveniente do país da água. O que aconteceu, exatamente? Onde estão os outros filhos do clã? Por que aquele ali ficou sozinho naquele estranho país? Ao sair de sua noite agitada, ela o encontrou sentado à porta da casa, o olhar voltado para *mbenge*, de onde provêm os ruídos de água. Poderia parecer que ele conversava sem palavras com aquele espaço que era, para a mulher, a borda da dimensão tenebrosa do universo.

Eyabe tinha se virado para o pano em que Bana descansava, dormindo com os punhos fechados, num abandono que ela nunca vira nele. Atravessou-lhe o pensamento de que ele não acordaria, o que a fez se aproximar do menino, num movimento de pânico. Foi então que a voz do homem se fez ouvir:

— Não tenha medo, mãe. Eles não irão embora sem nos cumprimentar. Deixe-os descansar.

Sem formular o pedido de explicações que lhe queimava os lábios, ela se juntou a ele, sentou-se a seu lado, os olhos voltados na mesma direção. A água continuava invisível, mas sabia-se que estava perto. Não parecendo conhecer o repouso, ela passava do murmúrio ao rugido, rosnava, soprava, suspirava, emitia, no meio da noite, uma espécie de coro de almas sofredoras. Aliás, sem vê-la, percebia-se com clareza a sua influência sobre tudo o que vivia nos arredores. Até mesmo o ar daquele lugar era diferente, impregnado de cheiros desconhecidos para a mulher mulongo, cujo clã vivia imerso no fundo da mata.

Primeiro, o homem começou a falar daqueles que habitavam aquela última região do mundo. Eram chamados de isedu. Aquele povo se apresentava como tendo sido gerado pela água, que reverenciava. Na verdade, foi uma disputa com seus irmãos bwele, muitas gerações antes, que os empurrou para os limites do domínio dos vivos. Ao se encaminharem para a costa, atacaram as comunidades que povoavam a mata situada entre o país bwele e o que deveria vir a ser seu território.

— Aquelas populações pacíficas foram obrigadas a lhes prestar fidelidade, para salvar a própria vida... Se, para vir até aqui, você tivesse seguido o mesmo caminho que nós, teria atravessado as terras onde ainda vivem essas pessoas.

Nos dias de hoje, pensava-se que os bwele e os litorâneos não passassem de simples aliados. Na realidade, descendiam de um ancestral comum, Iwiye, que teve dois filhos. Quando ambos chegaram à idade do homem, o pai exigiu que cada um se apoderasse de uma região e nela fundasse um clã.

O mais velho, Bwele, conquistou um vasto território, incluindo o que lhe fora deixado pelo avô. Seu caçula, Isedu, queixando-se de que só lhe haviam sido deixados os piores espaços, enfrentou o irmão e perdeu a batalha. Foi assim que precisou recuar para o litoral. Nos tempos que se seguiram, seus descendentes ainda não eram mais poderosos do que os bwele. Em compensação, eram animados por um desejo mal dissimulado de se vingar do passado. A fim de evitar incessantes conflitos, os soberanos bwele, através das eras, foram estabelecendo acordos com esses irmãos venenosos para conter sua amargura e evitar que os prejudicassem.

Mais tarde, surgiram os estrangeiros vindos de *pongo* pelo oceano. Naquela época, quem reinava no país era Ikuna, o avô de Ibankoro. Seu filho, Ipao, viria a sucedê-lo. Os litorâneos se conscientizaram bem depressa das vantagens a obter das relações com os homens de pés de galinha. Esses últimos lhe conseguiam mercadorias espantosas como o óleo, dentes ou presas de elefantes. Foram eles os primeiros a vestir panos tecidos pelos estrangeiros. Aqueles tecidos com figuras estampadas faziam furor entre os isedu. Seus príncipes, aliás, eram possuidores de armas que cuspiam o raio, fazendo um barulho de trovão. Quando seus associados passaram a pedir pessoas humanas em troca daqueles equipamentos, os litorâneos, no começo, lhes entregaram alguns de seus servos ou indivíduos que houvessem desobedecido gravemente às leis do clã. Em troca, só aceitavam os famosos instrumentos de combate.

Com o passar do tempo, cresceu a demanda por homens. Os servos ou os perturbadores da ordem não eram mais suficientemente numerosos no país isedu para satisfazer os homens de pés de galinha. Os príncipes do litoral, desejosos de dotar seus batalhões de elite daquelas novas armas, não hesitaram em ir fazer prisioneiros entre os bwele. Agindo à noite, atacavam sobretudo as aldeias mais próximas ao seu território. Algum tempo se passou antes que a informação chegasse aos ouvidos dos reis bwele instalados em Bekombo, a cidade capital, situada bem mais abaixo. Foi estabelecido um conselho, reunindo os dignitários das duas comunidades. Os litorâneos foram chamados à ordem. Eles ignoravam o destino reservado pelos homens de pés de galinha àqueles que lhe eram entregues. Por essa razão tomavam o cuidado de não entregar pessoas pertencentes ao seu nível. Foi-lhes dito que os cativos iriam trabalhar para os estrangeiros, mas eles não tinham como verificar.

Uma vez, os homens vindos de *pongo* haviam feito reféns alguns membros da comunidade isedu, à espera de receber os indivíduos para os quais já haviam fornecido o que lhes fora pedido, talvez mais. Para se adequar ao costume em vigor quando de sua chegada às terras isedu e também obter o direito de lançar âncora nas águas que banhavam a aldeia, haviam oferecido tecidos, trajes, joias, utensílios diversos, produtos alimentares e bebidas. Tudo adequado ao gosto dos príncipes e sua comitiva, que começavam a conhecer. Sempre de boa-fé, passaram a lhes fornecer metais e depois armas, únicos elementos aceitos em troca de cativos. Não sendo os últimos entregues conforme o prometido, haviam-se servido da população isedu.

Os reféns foram devolvidos várias luas depois. Ao voltarem, narraram excursões a outros locais aos quais iam os homens de pés de galinha ao longo das margens do oceano, a fim de encher a barriga da sua embarcação. Mencionaram lutas sem piedade com alguns povos que não queriam, a preço algum, comerciar com os estrangeiros vindos de *pongo*. Quando era esse o caso, os últimos capturavam à força os recalcitrantes, aprisionando até mesmo as pessoas de alto nível. Tais relatos convenceram os litorâneos da necessidade, para eles, de estabelecer relações pacíficas com os homens vindos das águas. De qualquer maneira, não tinham qualquer intenção de mudar de atitude. Diante dos bwele, fingiram, sem piscar, não ter outra escolha senão satisfazer seus parceiros comerciais e tudo fazer a fim de encontrar pessoas para lhes entregar. Ora, era facilmente compreensível que não fossem, com tal objetivo, percorrer *misipo* inteiro. Era normal que fossem se abastecer junto a seus vizinhos mais próximos, gente cujos hábitos conheciam à perfeição, e por bons motivos.

Ao ouvir aquelas palavras, os bwele protestaram com veemência. Suas relações com os irmãos isedu haviam chegado a um entendimento pacífico. Por que estragar tudo? Não poderiam ter enviado emissários para lhes expor as dificuldades, para juntos encontrarem soluções? Por que tratar seus irmãos como inimigos? Não era mais a época das brigas ancestrais, quando os filhos de Iwiye se enfrentavam para constituírem seus respectivos territórios. Agora, podiam conversar. Foi então que se chegou a um pacto. Os isedu se recusavam a perder as vantagens do comércio com os estrangeiros. Para os bwele, estava fora de questão o fato de serem atacados em permanência, mesmo que as populações atingidas não passassem de povos subjugados pelo fundador do clã, sempre desprezados pelos que podiam reivindicar uma indiscutível ancestralidade bwele.

— São gente nossa — eles clamaram. — Somamos às nossas as suas divindades, línguas e hábitos culinários. Eles são parte de nós.

Tal declaração de fraternidade para com os povos conquistados significava uma coisa: coletar um tributo humano no seio dessas comunidades era privilégio dos soberanos bwele. Eles exerciam esse direito sempre que necessário, ou seja, com frequência, para cultivar os campos ou servir nas habitações dos dignitários. Tais trabalhadores eram bem tratados. Sua orelha não era cortada, como era o caso dos cativos dos litorâneos. Algumas atividades, como o trabalho na forja ou a profissão de tecelão, lhes eram inacessíveis, mas sua participação no bem-estar do grupo era reconhecida. Se era, agora, o caso de privá-los desses serviçais, que se pensasse em indenizá-los, fosse como fosse. Por fim, a rainha Njanjo e os seus não viam por que razão seriam privados dos novos objetos vindos de *pongo* pelo oceano, que conferiam prestígio à raça litorânea.

Foram, portanto, os bwele que propuseram agir na qualidade de fornecedores de prisioneiros. Eles se encarregariam da captura e receberiam, em troca desse serviço, os produtos que lhes interessavam. Os isedu consentiram, ainda que insistindo no fato de que as armas cuspidoras de raio, bem como o pó que servia para alimentá-las, lhes seriam exclusivamente reservados. As proezas guerreiras dos bwele eram bem conhecidas. Eles haviam aperfeiçoado diversos tipos de facas, que manejavam com destreza incomum. Podiam também contar com suas arqueiras, cuja visão aguda e flechas envenenadas não davam qualquer chance ao inimigo. Os litorâneos, porém, munidos do seu novo armamento, acreditavam em breve tomar a dianteira. E assim foi que resistiram abertamente a seus irmãos, obrigando-os a aceitar os termos do acordo como lhes interessava. Suas relações com os estrangeiros de pés de galinha se fortaleceram a ponto de os últimos considerarem útil construir, no país isedu, um prédio destinado à reclusão dos cativos. Dizia-se que, em pouco tempo, os primogênitos das grandes famílias isedu seriam enviados para as terras dos homens de pés de galinha. Lá se instruiriam, de modo a garantir a dominação de seu povo. Os isedu poderiam se vingar dos irmãos, arrancar-lhes o território cobiçado desde o nascimento dos dois clãs.

Já os estrangeiros vindos de *pongo* pelas águas passavam cada vez mais tempo entre os litorâneos, que os levavam para passear na mata. Outrora, só desciam à terra para realizar suas transações. Agora, alguns eram acolhidos no seio de famílias nobres, mulheres lhes eram oferecidas e eles falavam cada vez melhor a língua local, enquanto palavras de seu idioma vinham enriquecer a língua isedu, em especial quando se tratava de nomear os alimentos que transportavam em suas naves. Para evitar uma excessiva dependência de seus irmãos inimigos, os isedu daquela geração assumiam riscos. Não mais podendo se contentar com seus servos ou contraventores de suas leis, começaram a explorar o oceano. Seguindo o traçado do litoral a bordo de suas pirogas, haviam percebido populações desconhecidas até a volta dos reféns, que as mencionaram em seus relatos.

Contrariamente ao que faziam os homens de pés de galinha, não se aventuravam a atacá-los em suas terras, preferindo armar-lhes emboscadas na água. Essas operações perigosas só podiam ser bem-sucedidas com o emprego das novas armas. E também exigiam determinação, só podiam ser executadas pelos melhores barqueiros, os mais hábeis arqueiros, os atiradores mais competentes. Dizia-se que, em pouco tempo, os isedu iriam prospectar o curso ou a outra margem de um rio que limitava seu território. O curso d'água se jogava no oceano. O homem não podia afirmar, mas era bem provável que se tratasse do rio que Eyabe havia precisado subir para sair de Bebayedi. Era preciso desejar que a distância e o pântano continuassem a proteger aquele território.

A captura chegava ao ápice. Os mulongo, como outros, se viam em meio a alguma coisa que não conseguiam alcançar. Na noite do grande incêndio, quando os bwele jogaram suas redes em cima de doze homens dessa comunidade, tais homens nem de longe desconfiavam que sua desventura não passava de mais uma entre as mil peripécias envolvendo uma história complexa. Quantos homens, mulheres, crianças, originários de quantos povos, seriam também arrancados dos seus, jogados em trilhas muitas vezes desconhecidas para acabarem ali, na extremidade de Wase? A situação era fácil de compreender: Ibankoro, o atual príncipe isedu, decidira ir ainda mais longe do que os mais velhos no que diz respeito à produção e ao comércio dos cativos. Antes do falecimento do pai, ele conseguira convencer os anciãos da legitimidade de alguns pedidos formulados pelos homens de pés de galinha. Era a ele que os estrangeiros vindos de *pongo* pelas águas deviam o fato de terem conseguido erigir uma estrutura em pedra branca. Ela servia de entreposto, não apenas para conservar os víveres com que abasteceriam suas embarcações, mas também para encerrar as pessoas sequestradas.

Contava-se que Sua Alteza Ibankoro, deslumbrado pela majestade da edificação, pedira a seus amigos de pés de galinha que lhe construíssem, segundo o mesmo modelo, uma morada digna de sua posição. Esse príncipe era daqueles que, entre os dignitários isedu, haviam sido conquistados por tudo o que lhes forneciam os estrangeiros de pés de galinha. As mulheres daquela casta não paravam de se admirar nos objetos que lhes devolviam o próprio reflexo. Muitas não toleravam mais sair sem aquelas enormes flores cuja corola havia sido confeccionada num tecido brilhante. Serviçais seguravam a haste de madeira e mantinham, acima das ilustres figuras, as pétalas artificiais que as protegiam do furor do sol. Desdenhando os *mabato* feitos com fibras ou cascas de árvore, as mulheres de alto nível só exibiam agora tecidos estampados, que se acreditava serem criados pelos estrangeiros de pés de galinha exclusivamente para o prazer dos dignitários isedu. Constatava-se, aliás, que eles próprios não usavam aqueles panos multicoloridos.

Ibankoro não punha mais o nariz fora de sua concessão familiar sem antes ter colocado na cabeça um turbante bordado com fios cintilantes, pendendo de sua orelha direita uma conta brilhante de vidro vermelho. Diversas voltas de colares tilintavam em seu pescoço, ritmando seus passos e assinalando sua presença antes mesmo que ela se manifestasse. Ele tinha um apetite todo especial para os enfeites oferecidos aos notáveis pelos homens de pés de galinha, mas não era apenas isso que lhe agradava. Além da arma cuspidora de raio que nunca o deixava — ele adorava fazer ecoar, sob qualquer pretexto, os dois tiros —, o nobre isedu apreciava particularmente as bebidas alcoólicas vindas de *pongo* pelas águas. Todos aqueles novos produtos conferiam à sociedade isedu um prestígio capaz de superar o refinamento da arte de viver bwele. Era mais do que evidente que os isedu não abandonariam tão cedo um comércio que lhes permitiria ter, em futuro próximo, ascendência sobre as comunidades oriundas do ancestral Iwiye.

Somente depois desse longo relato o homem começou a narrar os acontecimentos da noite do grande incêndio. No momento, está calado. Eyabe não sabe como animá-lo a prosseguir. Tímida, ela o interroga:

— Como você descobriu tudo isso? Quero dizer, a história dessa gente?

Ele dá de ombros:

— Mãe, isso levaria tempo demais. Como os outros cabeças-raspadas, eu fui, por um tempo, posto ao serviço de um nobre isedu. Não agradei, nem um pouco. Me trouxeram de volta para cá, é tudo o que posso contar... Já faz mais tempo do que você imagina, desde que meus irmãos e eu fomos sequestrados.

O homem fica outra vez em silêncio, olha para o horizonte, para o oceano invisível. Eyabe improvisa uma mudança de assunto, na esperança de emocioná-lo, provocar sua fala. Ele é tão frio, parece às vezes ausente do próprio corpo, como se privado de energia. Talvez tenha necessidade de recordar a aldeia e o que lá deixou, para voltar a se enraizar na vida.

A mulher acredita que a lembrança da mãe lhe despertará a vontade, a força para lutar contra seus humores biliares. Então, diz:

— Ebuse pensa muito em você. Você vai voltar comigo? Pense em sua alegria.

O homem aperta os olhos e lhe lança um olhar no fundo do qual ela vê desfilar uma fieira de emoções, sem ter condições de identificar uma que seja. Sua voz não passa de um sopro rouco, quando ele exclama:

— Nunca mais pronuncie esse nome na minha presença... Eu não irei com você. Eu não poderia mais viver entre vocês, agora. Pouco importa o que precisarei ainda sofrer, ficando aqui.

Eyabe não sabe o que dizer.

— Mukudi — ela deixa escapar, baixinho, buscando as palavras para falar com ele.

O homem não lhe dá chance.

— Não me chame mais assim — diz ele. — Esse nome era meu num outro mundo. Neste aqui, não sou nem filho nem irmão. A solidão é minha morada e meu único horizonte.

Como os outros cabeças-raspadas que vagam por ali, à espera de que seu destino seja selado, ele considera não ter mais um passado. Agradece aos *maloba* por lhe terem permitido rever Eyabe, mas aquela oportunidade só lhe foi dada por um motivo: contar, antes de se calar para sempre, os acontecimentos da noite do grande incêndio, dos dias que se seguiram. Para ele, resta a permanente escuridão, ele já se acostumou. Eyabe e Bana, embora ele não demonstre gratidão por tê-los por perto durante algum tempo, surgem como estrelas em meio às sombras. No entanto, precisarão ir. Ele ficará, para que alguém se lembre. Eyabe não consegue mais disfarçar sua impaciência. Sua intuição, porém, convida-a a não fazer diretamente a pergunta: "*O que você tem a me dizer a respeito de Mukate, meu primogênito?*". Simplesmente declara:

— Eu vim realizar um ato sagrado. Quando iremos ver o oceano?

O homem dá de ombros. Os cabeças-raspadas não têm o direito de se aproximar das águas. É proibido, porque muitos, movidos por uma força desconhecida, se deixaram afundar. Aqui, na parte da aldeia que habitam, seus movimentos são livres. Para se aventurar fora dos limites, entretanto, devem estar acompanhados.

— Eu não deveria nem mesmo ter ido à praça, ver o funeral de Itaba.

Ele tinha se aproveitado do fato de que toda a população era obrigada a comparecer à manifestação para escapulir do bairro dos cativos. Ninguém prestou atenção nele. Ir até a margem do oceano seria muito diferente. Os notáveis litorâneos construíram lá suas moradas, a fim de ficarem mais perto dos espíritos da água. É naquelas paragens que fica "o navio", como dizem, para identificar a enorme a embarcação dos homens de pés de galinha. Cerca de quarenta estrangeiros vivem naquela região, onde se realizam as transações entre eles e os príncipes do litoral. Impossível ir lá. Seria expor-se a perigos sem nome.

Eyabe balança a cabeça:

— Eu ouvi, filho. Entretanto, não fiz toda esta viagem para nada.

Estendendo o braço na direção da habitação instável que abriga os dias sem alegria do seu interlocutor, acrescenta:

— Trago comigo uma coisa que preciso jogar no oceano. Os *maloba* me fizeram ouvir a voz de Mukate. Preciso fazer isso para libertá-lo, permitir que se encaminhe para o outro mundo.

Ela pousa os olhos no rosto do homem, esperando, com aquelas palavras, decidi-lo a lhe contar mais. Que ele saiba, se por acaso estiver com medo de lhe dar a notícia da morte de seu primogênito, que ela já se deu conta do que houve. Só faltam os detalhes. Elementos que lhe permitam compreender o que aconteceu. Ela precisa conhecer, em detalhes, o destino dos homens mulongo arrancados de seu povo. Nesse tipo de coisa, nada é mais terrível do que a ignorância. Aquelas cujos filhos não foram encontrados precisam saber.

A mulher declara que, se quiser voltar para a aldeia com respostas, é imperativo que vá até as margens do lugar em que a terra acaba. Para que a imaginação não carregue as mentes para longe demais. Para que a loucura não se torne, no país mulongo, um novo modo de vida. Para que aquelas que nunca mais viram os filhos se vejam livres de qualquer suspeita e plenamente reabilitadas. Enquanto persistir a dúvida, a harmonia está comprometida. O homem fecha os ouvidos às suas palavras. Ele não quer mais falar, não pretende acompanhá-la à beira d'água.

— Ensine-me o caminho, eu vou sem você — ela declara, simplesmente. — E, se você me pede, não direi a Ebusi que estive com você. Sua mãe não compreenderia a sua decisão de ficar aqui.

Fazendo que sim com a cabeça, ele murmura:

— Precisamos raspar a sua cabeça... Agir durante a noite, para não chamar a atenção.

O homem hesita, depois conclui:

— Não tenho certeza de poder encontrar em mim forças para me aproximar do oceano.

A voz de Bana, que acordou, vem interromper a conversa. Com um sorriso nos lábios, a criança mergulha os olhos nos de Mukudi:

— Eu vou com Inyi.

*

A matrona esfrega as pálpebras, se vira no leito, pouco desejosa de abrir os olhos. Tenta voltar a dormir, mas os efeitos da poção se dissiparam. Seus esforços são em vão. A anciã, de má vontade, senta-se na esteira e percorre o lugar com um olhar confuso. Ebusi dorme num canto da casa, de cócoras, as mãos coladas às orelhas. Quando seu corpo amolece, ela se apruma num movimento reflexo e continua a murmurar, mesmo em pleno sono, sua ladainha de súplicas ao filho ausente. Ebeise a fita por um instante, perguntando-se se deve animá-la a se deitar. Aquela mulher faz tudo ao contrário do que seria adequado, para quem pretende conversar com o invisível. É conveniente, sem dúvida, se concentrar. Mas é preciso também afastar o desassossego. Além disso, é fundamental que se penetre na noite e se acolha o repouso, que favorece o sonho.

Se Ebuse deseja falar com seu primogênito, ou vê-lo, deve se colocar em condições de sonhar. A velha lhe explicará tudo isso quando chegar a hora. Por enquanto, não quer se comunicar com ninguém. Levanta-se, estica-se, dá alguns passos fora da casa. A coisa não tem mesmo importância porque ela se aposentou, mas, por curiosidade, gostaria de saber que dia é hoje. Ela sabe, levando em consideração a quantidade de plantas sedativas empregadas para preparar sua poção, que dormiu pelo menos dois dias. Não sonhou, como era sua vontade. A atividade onírica é, às vezes, portadora de questionamentos, de perturbações. Ela já teve seu quinhão de provações.

De pé em frente à casa, mãos nos quadris, a anciã perscruta o horizonte. O sol vai alto no céu. A aldeia, porém, está imersa num silêncio noturno. Não se ouvem, como de costume, as vozes das crianças brincando. Suas mães também estão mudas, quando deveriam, naquela hora, brigar com elas, prometer-lhes castigos se não se comportarem melhor. E os homens? Onde estão os homens, cujos cantos de força deveriam ecoar, enquanto eles se dedicam à reconstrução da aldeia? Alguma coisa não está certa. Por algum tempo, a velha acredita ainda estar dormindo. Imaginava ter feito tudo certo para não sonhar, mas sua alma está sem dúvida agitada demais.

Trata-se, então de uma visão, como as que se pode ter no terceiro sono, aquele que permite visitar outras dimensões. Talvez fosse melhor que ela voltasse a se deitar para pôr fim àquela viagem que não deseja fazer? Quando se propõe a entrar, alguma coisa lhe chama a atenção. A dez ou doze passos dali, uma galinha bica, com fúria, o que parece ser uma cabeça humana. Sua visão aguçada nunca a traiu. A anciã está bem certa do que vê. À medida em que o bico da ave se enterra nas órbitas, mergulha nas narinas, Ebeise não consegue se impedir de achar que, sonho ou não, é preciso examinar aquilo mais de perto.

A matrona dos mulongo se dirige a passos lentos para a cena, maldizendo a existência que lhe recusa qualquer tranquilidade. Queixa-se de que nem os sonhos, nem sequer os sonhos, sejam mais como eram. Num devaneio digno desse nome, ela não precisaria andar como está fazendo. Bastaria querer ir até lá, perto da casa de Musima, seu filho, para se projetar no mesmo instante. Ela se move, resmungando, enquanto a terra lhe pica a planta dos pés, mais uma sensação da qual não faz a menor questão, já que está sonhando. O ar carrega um aroma muito desagradável, que ela não consegue identificar. Não chega a ser um cheiro pútrido, mas é bem parecido. Ebeise se espanta por não ouvir nada e no entanto sentir as coisas com tanta intensidade, na atmosfera, debaixo dos pés. Nunca, na vida, havia sonhado daquela maneira. No futuro, será preciso se mostrar prudente com aquela beberagem sedativa. Não tinha avaliado todos os efeitos.

Logo seus passos a aproximam da galinha, que levanta a cabeça, a encara e volta à sua tarefa. Seu bico bate, num ritmo regular, no crânio que rola de um lado para o outro. Ebeise para. Aquela ave não é o que parece, é uma prova. O que ela vê só pode ser uma mensagem. Na ausência de Mundene, como interpretá-la? Inútil recorrer a Musima, ele não tem envergadura para esclarecê-la. Ela se interroga. Se seu sonho a confronta com uma situação daquelas, é porque ela deve agir. Seria absurdo que a levassem até ali apenas para constatar e depois dar meia-volta. Sem muita convicção, a mulher ergue os braços e os sacode na frente da galinha que deve compreender que está sendo expulsa, que não é bom despojar um crânio humano de sua pele, de arrancar-lhe pedaços de carne daquela maneira. Os gestos da matrona deixam o animal sem reação.

Ebeise precisa dar mais um passo, inclinar-se para salvar aquela cabeça privada de corpo. Ela assim faz, sempre resmungando. O destino é injusto, ao querer que algumas não conheçam trégua, mesmo em pleno sono. Ela jura não reencarnar, quando a morte a apanhar. Queira ou não queira a comunidade, ela irá se sentar entre os bem-aventurados que não têm qualquer outra obrigação além de se revelar de vez em quando, a fim de vir ajudar os vivos. Suas aparições se farão com parcimônia, ela jura. Apoderando-se da cabeça com a pele bicada e olhos vazios, joga um pé na direção da galinha, acreditando que assim a obrigará a recuar. Em vez disso, a ave enfia o bico em seu tornozelo e se agarra a ele com tanta violência que parece até equipada de um verdadeiro maxilar. Ebeise começa a girar sobre si mesma, o mais rápido que consegue, mas o bicho resiste, não pretende largar a presa. Com os olhos abaixados, fitando a perna, agarrando o crânio, ela se mexe, saltita, tropeça, com a respiração curta, de dentes trincados, olhos vermelhos de raiva e de dor, decidida a não emitir o menor gemido, porque é preciso ver as coisas como são: aquilo não passa de uma galinha.

A anciã gostaria de lhe torcer o pescoço, mostrar quem manda. Um espírito que, não encontrando nada melhor onde se manifestar, elege como domicílio um corpo de galinha, não saberia sair ganhando. Caso pretenda se defender do jeito certo, ela precisa liberar as mãos. A mulher se apressa para pedir desculpas àquele crânio que não merece que ela o deixe cair. É com um rugido de horror que ela o vê rolar pelo chão. Nenhuma necessidade de apanhá-lo para olhar de novo. Ebeise tem certeza, naquele instante em que o absurdo disputa lugar com o terror, que é a cabeça de Musima, seu primogênito, que acaba de lhe cair das mãos. Como até mesmo os piores pesadelos têm um fim, ainda que em geral abrupto, é agora que ela deveria abrir os olhos e se pergunta, ofegante, o que tudo aquilo pode querer dizer. Deveria estar na casa, perto de Ebusi. Apressar-se para queimar cascas de árvores, para afastar a angústia. Tentar compreender.

O corpo a corpo com a galinha não lhe foi ainda poupado. É tremendo de raiva, com lágrimas nos olhos, que ela consegue enfim se livrar do animal, jogá-lo longe. Um filete de sangue lhe escorre pelo tornozelo, mas ela não dá importância. Seu olhar busca a cabeça, que foi bater no pé de uma árvore, cobrindo-se de terra pelo caminho. A anciã respira fundo. O cheiro que ela não havia conseguido definir lhe enche os pulmões, não deixando mais dúvidas. É cheiro de morte, e não se trata de um presságio. Terá cometido um erro ao decidir sair de cena? Precisa pagar um preço tão alto? Ebeise tenta organizar os pensamentos. Nem mesmo o horrível Mutango teria levado seu filho à morte daquela maneira. Além dele, ninguém ali faria tal coisa. Os mulongo são pouco inclinados a derramar sangue. Antes de matar um animal para se alimentar com sua carne, pede-se o seu perdão. E, desde que o *janea* Mukano assumiu suas funções, os sacrifícios se tornaram raros. Alguma coisa grave aconteceu enquanto ela dormia. Alguma coisa grave o bastante para que ela, no mesmo instante, dê fim à sua aposentadoria e peça audiência ao Conselho. Como é possível que não se escutem os gritos das viúvas de Musima? Onde estão os habitantes da aldeia, enquanto uma galinha se farta com os restos do seu filho? Ebeise só viveu para a comunidade. Uma ausência de dois dias não é suficiente para explicar o que acontece.

Em lágrimas, a matrona apanha outra vez a cabeça do primogênito e se dirige à concessão de Musima. Em pouco tempo, lá está. Não há alma viva. O cheiro é atroz. Aquilo não é cheiro de morte, mas de extermínio. Uma morte da qual não se renasce. Ela inspeciona as casas, uma a uma. Todas estão desertas. Numa delas, reina uma desordem indescritível. Só se veem jarros quebrados, cabaças viradas, restos de comida espalhados. Sempre segurando o crânio do filho, ela contorna a última habitação e chega ao pátio dos fundos. O corpo de Musima ali está, de bruços, o punho direito fechado. Mais uma vez, ela larga a cabeça, diz a si mesma que nunca terá forças para andar até a praça da aldeia, onde fica a casa do Conselho. Em princípio, lá encontrará os sábios. Eles ainda não devem ter resolvido a espinhosa questão da interinidade. Ela conhece bem aqueles homens. A maioria vai querer colocar seus interesses acima do da comunidade. Os debates serão longos.

É com o coração acelerado que a matrona descobre, à medida que avança, um território privado de sua população. Aqui e ali, totens familiares e utensílios revirados testemunham a fúria que se abateu sobre a aldeia. Diante de algumas habitações, corpos sem vida começam a apodrecer. Os rostos estão crispados numa máscara de dor. Olhos esbugalhados falam de pavor, de incompreensão. Mais uma vez, a matrona se acredita viajando em outra dimensão. Aquelas cenas só podem ser visões. Com o pensamento de que imagens ainda mais insustentáveis lhe serão mostradas caso se acovarde, Ebeise renuncia a dar meia-volta, ainda que seja essa a sua vontade. Aquele é o seu castigo por ter querido se retirar do mundo, dar as costas à tristeza. Ela avança, esforçando-se, apesar de tudo, para não deixar os olhos perambularem. É preciso chegar à casa do Conselho. Andar sem olhar para os lados. A matrona tenta refletir, mas sua mente só se fixa no instante em que reconheceu, em suas mãos, a cabeça mutilada do filho. Só vê aquelas órbitas vazias, a carne perfurada, a pele arrancada.

Em frente à casa do Conselho, silêncio. Não se ouvem as discussões, como de costume. Ebeise fica ali, imóvel, por um instante. É preciso entrar. Ela hesita, gostaria que alguém lhe segurasse a mão. Que alguém estivesse ali. A anciã sufoca. Passando a cabeça pela porta estreita, quase desmaia. É ali que se concentra o fedor que inunda a aldeia. O cheiro é atordoante. A velha não saberia dizer, com palavras da sua língua, o que vê lá dentro. Vomitando, cai de joelhos. É preciso sair da aldeia, a qualquer custo. Ir buscar Ebusi. Partir. Antes, será preciso encontrar forças para enterrar os defuntos. Duas mulheres sozinhas conseguirão fazê-lo? E nem chegam a ser duas. Lá, na casa em que estavam reunidas aquelas cujos filhos se perderam, só há agora metade de uma mulher.

Seus soluços não conseguem quebrar o silêncio. Depois de uma vida inteira fazendo nascer as crianças do seu povo, sua única recompensa será enterrar todos aqueles mortos. Que seja. Ela assim fará. E, se for preciso botar Ebusi nas costas para fazê-la sair do que um dia foi uma aldeia, ela está pronta. Não é bom fugir da provação, ao risco de precisar enfrentar outra ainda mais esmagadora. É o que diz a si mesma. Quando seus olhos pousam no monte de cinzas que agora ocupa o lugar em que ficava o santuário das relíquias, Ebeise se pergunta, pela última vez, onde encontrará energia para cumprir com o seu dever.

ÚLTIMOS TEMPOS

Bana está num indescritível estado de excitação. Hoje, quando o sol principiar a travessia de Sisi, o homem os conduzirá, Ebeise e ele, até a beira do oceano. Sem fazer o caminho até o fim, ele os levará até bem perto. Escondido na escuridão, montará guarda. A mulher raspou a cabeça. Durante vários dias, o menino e ela foram discretos, poucas vezes saindo da modesta casa de seu anfitrião. Entre os cabeças-raspadas que vivem por ali, alguns não são confiáveis. Numa situação como a deles, todos estão dispostos a tudo para melhorar o dia a dia. A delação se revela uma opção válida. Os cativos reunidos naquela parte da aldeia isedu são muitas vezes atormentados pela culpa. Capturados junto com outros membros de sua comunidade, não foram trocados. Os homens de pés de galinha não os quiseram. Fosse porque estavam doentes demais, fosse porque estavam revoltados demais, quase suicidas. Em alguns casos, ao chegarem à terra isedu, não foram oferecidos por ocasião das operações de escambo, tendo os dignitários locais preferido mantê-los a seu serviço.

Alguns, como Mukudi, foram embarcados no navio, mas o destino os trouxe de volta à terra. Por diversas vezes, o homem pensou em contar tudo a Eyabe. Explicar por que os outros desapareceram, enquanto ele continua ali. Falar do que o prende agora ao país isedu, àquele oceano que o aterroriza tanto quanto lhe é necessário. Não encontrou as palavras. Aquilo não o teria tranquilizado, pelo contrário. Revivendo sem parar o momento em que se viu sozinho, ele se recrimina pela greve de fome, pela fraqueza física que se seguiu. É esse o motivo pelo qual lhe foi impossível se libertar, como fizeram seus irmãos. No instante do último pacto, ele falhou com os outros. Iniciados juntos, tinham vivido um segundo nascimento. A experiência havia sido tão intensa que eles não se separavam mais, depois que voltaram à aldeia. Claro, o guia espiritual tinha preconizado que continuariam em grupo durante o dia, só os autorizando a se separar à noite, para encontrar suas famílias. Desejosos de preservar ao máximo as emoções vividas no seio do santuário florestal, não tiveram nenhuma dificuldade para obedecer.

Seus irmãos e ele estavam juntos, na noite do grande incêndio, quando os bwele lançaram sobre eles suas redes. Foi culpa dele terem se separado depois. Sua recusa em se alimentar tinha, aliás, começado a afrouxar os laços que o prendiam aos de sua faixa etária. Enquanto eles ainda esperavam o momento de enfrentar os agressores, ele já havia desistido. Nenhuma censura lhe foi dirigida. Quando não comia, seus irmãos continuavam a lhe deixar sua ração.

Era sua maneira de falar com ele, naqueles abrigos de caça em que ficaram retidos durante o dia, sob a vigilância de seus atacantes. Nas raras vezes em que ingeriu alimento, foi à força. Os caçadores bwele, enfurecidos pelo seu comportamento, lhe abriam a boca e enfiavam raízes ou frutas. Um dia, ele mordeu a mão que ia mergulhar em sua garganta, o que lhe valeu ser espancado. Ele se lembra do olhar doloroso dos irmãos. Das recriminações do velho Mundene, incapaz de ficar em silêncio diante daquele espetáculo. De que adiantara se rebelar? Agindo como fazia, ele imaginava preservar a dignidade. Protestar contra a injustiça. Não se tornar cúmplice do crime do qual era vítima. Daquela atitude, só restava a imagem de nove corpos jogados ao mar. Nove jovens voluntários, unidos. Quando o sono chegava, aquela cena vinha assombrar seus sonhos. Ele ouvia, como música de fundo, o canto que haviam entoado seus irmãos, no ventre do "navio", para usar aquela palavra.

Foi Mukate, o filho de Eyabe, quem começou. Sua voz profunda encheu o espaço, chegando aos companheiros. Os homens de pés de galinha tinham tomado o cuidado de separá-los. Eles os instalaram um de cada vez, junto de outros cativos já presentes nas entranhas da imensa embarcação. Daquela maneira, acreditavam, eles não poderiam se comunicar, fomentar algum complô. Contavam-se histórias de detentos que, tendo se apossado dos barris de pólvora conservados na prisão móvel, a tinham explodido, atirando carcereiros e sequestrados no outro mundo. Dizia-se também que alguns embarcados à força haviam matado seus torturadores, acreditando voltar à terra por seus próprios meios. Não sabendo manobrar a nave, condenaram-se a um longo vagar pelas águas. Até a loucura. Até a morte.

Dizia-se muita coisa, entre os cabeças-raspadas. O homem ouvia sem tomar parte nas conversas. A aventura de seus irmãos, que conhecia, não tinha vontade alguma de compartilhar com quem quer que fosse. Era seu fardo, permanecia em sua memória durante os seis períodos em que se dividia o dia dos vivos. Aquilo o perseguia em permanência. O canto. A queda dos corpos na água. Os soluços roucos do velho Mundene. E ele. Enquanto tudo aquilo acontecia, ele estava fraco demais para sentir alguma coisa. Só tinha consciência, então, de sua deficiência física. Da impossibilidade de se concentrar. O corpo dominara a mente. Demais, para um recém-iniciado.

Confrontado com essas lembranças, o homem se pergunta o que o teria levado, não a manifestar sua recusa ao destino, mas a ser tão diferente. Por que quebrar a fraternidade? Por que pisotear a solidariedade? Que resultado poderia esperar? A morte não era uma extinção. Os defuntos apenas habitavam outra dimensão. Sim. Entretanto, para ele, era difícil fechar os olhos. Se havia tão ardentemente desejado a morte, era antes de tudo para que se acabasse a provação. Não mais sofrer. Pouco lhe importava a possibilidade de reencarnar. A morte, como ele a via, devia ser um ponto final. Seus irmãos, por sua vez, se mantiveram ao lado da vida. Até o fim. A escolha que fizeram foi cheia de nobreza. O guia espiritual, ao ouvir o canto de Mukate, avisou-os. Mesmo desaprovando sua atitude, ele a compreendia. Deitado de costas, o homem passa um olhar vazio pelos galhos que formam o telhado da casa. Mal amarrados, abrem diversos buracos para o céu, permitem capturar seu brilho inconstante, medir a passagem do tempo. Aquele dia lhe parece interminável.

Observando Bana, que também examina o céu, registrando a menor alteração, ele exclama:

— É preciso falar com nossa mãe.

A criança se vira:

— Na margem.

Eyabe finge não ouvir aquela troca de palavras. Pela enésima vez, visualiza o momento esperado. Depois de ter derramado a terra na água, recomendado seu filho e seus irmãos a Nyambe, será preciso sair de lá bem depressa. Ela pensa no trajeto que a levará a Bebayedi. Deverá tomar, não as vias usadas pelos cativos e que lhe fariam atravessar o país bwele, e sim o caminho pelo qual chegou. A mulher precisa se lembrar da direção a seguir para encontrar o rio Kwa. Lá, aguardará que a busquem. Internamente, refaz o caminho, tenta se lembrar dos detalhes que a ajudarão a não se enganar. A árvore atingida pelo raio. O abrigo de caça. O que mais? Está ansiosa demais. Tem a impressão de ter envelhecido desde que partiu, atravessado eras. Sua viagem não se limitou a percorrer a distância de um lugar a outro. De repente, sente-se fraquejar. Só Bana, a criança, irá com ela até a beira d'água.

Ela lança um olhar para aquele que imaginava, no começo, ser um garotinho acometido de mudez depois de ter sido testemunha de horrores, privado dos seus. Na verdade, ninguém sabe nada a respeito do que ele viveu, do lugar de onde vem. Disseram que ele tinha aparecido nos limites do território bebayedi, na companhia de um velho, que não sobreviveu. Deduziram que ambos haviam saído do mesmo país, mas não tinham certeza. Só ao chegar ali, em território isedu, ela começou a se questionar. Bana não fez nada mais estranho do que de costume. Continua a se alimentar pouco, só fala em caso de absoluta necessidade.

É a atitude de seu anfitrião para com o menino que a faz vê-lo de um jeito diferente. No dia em que chegaram, o homem, falando de Bana, disse: *Mãe, este aqui é uma multidão*. Sem compreender, ela não fez perguntas. Será que ele teria respondido? Aquelas palavras giram na mente de Eyabe: "Este aqui é uma multidão". Quanto mais pensa, mais surge sua ligação com o nome que o menino se deu. Ele é *Bana*, não porque tenha assimilado muito bem as lições da língua mulongo que ela lhe deu, e sim porque são muitos a habitar aquele corpo. E vieram por causa dela.

Agora com as mãos trêmulas, Eyabe larga o tecido usado que examinava, tenta se acalmar. Desde que caminham juntos, Bana nunca se comportou mal com ela. Nunca fez nada que indicasse, com certeza, que não é uma criança como as outras. Então, o que terá para lhe dizer quando estiverem à beira d'água? Por que só quando chegarem lá? A mulher decide confiar nos *maloba*, que a protegeram até agora. O crepúsculo acabará descendo sobre o mundo. E então ela irá à beira d'água e nela deixará a terra retirada sob o *dikube* que abrigava a placenta do seu primeiro parto. A partir de então, o que tiver que acontecer acontecerá. Sentado junto à porta, recuado para não chamar a atenção, Bana examina o céu. Cabeças-raspadas vão e vêm lá fora, fingindo não tentar ver o interior da habitação. A cabana fica no final do bairro. É a última casa antes de se penetrar na seção habitada pelos nobres isedu, perto do oceano. É preciso, portanto, uma boa razão para perambular por ali. Ora, o homem não dirige a palavra aos outros cativos.

Eyabe expulsa os pensamentos desagradáveis que ameaçam se insinuar em sua cabeça. Quando vai se deitar sobre o pano que faz as vezes de esteira, percebe, a alguns passos da porta, uma mulher de cabeça raspada que a olha fixo e, depois, a aponta. O gesto da desconhecida é lento. Seu olhar se prende ao de Eyabe. Em menos tempo do que é preciso para compreender, dois homens isedu, pertencendo sem dúvida à milícia do príncipe Ibankoro, invadem a habitação. Eyabe não ouve suas vozes, apenas o ruído daquele oceano que jamais verá. Seus olhos buscam Bana. No lugar há instantes ocupado pela criança só resta uma garrafa d'água.

*

Vinte e sete corpos. Eram vinte e sete. Ela enterrou todos. Do jeito que conseguiu, mas ela o fez. Ebeise não negligenciou nenhum canto da aldeia. Subiu a colina para só encontrar por lá as ruínas da chefatura e das habitações que a cercavam. Foi às portas da cidade e descobriu um dos guardas. Alguém o tinha golpeado na cabeça, sem dúvida para derrubá-lo. Aquilo lhe quebrou a cabeça. Foi só diante daquele corpo, depois de ter percorrido a aldeia de cima a baixo, que a velha compreendeu. Um ataque. Com certeza. Nada de místico. Nada de misterioso. Apenas a loucura dos homens. Quem foram os agressores? Na verdade, a pergunta não ocupou seus pensamentos por muito tempo. Só precisariam voltar, se tivessem vontade. O que ainda poderiam fazer? Os dias se passaram, as noites também, sem que se soubesse quais vinham antes dos outros, quais davam origem a outros, quais venceriam, no fim das contas.

Perdida no fundo de si mesma, Ebusi não pôde ajudá-la. A velha trabalhou sozinha. Ninguém dirá às gerações futuras que uma mulher se preocupou em confiar à terra os últimos mulongo. Ninguém contará esses feitos, porque o futuro acabou. Esse povo não existe mais. Não terá descendência. Um último túmulo foi fechado hoje. Nele foram depositados os restos de um recém-nascido comido pelos vermes. Enquanto executava sua tarefa, Ebeise fez de tudo para expulsar a pergunta: "Onde está sua mãe, onde estão todos?". O bebê estava irreconhecível. Se ela não o tivesse encontrado numa determinada concessão, não poderia conhecer sua identidade. Nas terras que um dia foram as de Mulongo, a morte deixou de ser apenas uma travessia, uma passagem entre as dimensões.

Para que os falecidos voltem para o convívio dos vivos, penetrem no corpo das mulheres grávidas, é preciso uma comunidade. Que cante seus nomes, conte suas histórias, se lembre de seus gostos, da sonoridade dos seus risos. É preciso que as pessoas pensem neles, que lhes deixem, depois da refeição da noite, sua ração de comida. Para os que foram mortos aqui, só haverá a terra. As sepulturas não são fundas. Ebeise não teve forças para cavar fossas decentes. Então, o próprio solo acabará por cuspir aqueles corpos. O vento levará para longe restos de esqueletos. As águas da chuva os carregarão, os dispersarão. Ninguém irá procurá-los. Será preciso continuar aqui para vigiar os túmulos? Quando chegar a hora, quem a porá na terra? E quem cuidará de Ebusi, cuja alma se perdeu? A vida não é uma coisa atraente. A vida é a primeira obrigação. Mesmo depois de toda aquela perturbação, Ebeise continua fiel à filosofia dos seus. É tudo o que conhece. Agarra-se a ela. Quiseram apagá-la. Foi essa a razão pela qual queimaram o santuário dos relicários.

Os agressores, sejam quais forem, não tiveram misericórdia. E, no entanto, quis o destino que ela estivesse lá, com suas lembranças. É preciso sair dali. Primeiro, a anciã pensa em se dirigir ao país bwele. Conhece o caminho, mesmo que não tenha voltado a pôr os pés por lá desde que era jovem. Seria o mais simples. Compreende um pouco daquele idioma. Eles sabem que o povo mulongo já viveu. Sim, os bwele seriam um escudo contra o esquecimento. As relações entre as duas comunidades sempre foram cordiais. O que poderia ser mais natural do que ir buscar abrigo entre amigos? A velha solta um longo suspiro, pensando entrever uma luz na escuridão. O mais depressa que pode, ela se dirige para a casa em que Ebusi passa os dias. Não será fácil tirá-la de lá, já que ela jurou continuar ali até a volta do seu primogênito. Impossível deixá-la ficar. Nenhum filho voltará à aldeia. A matrona tem uma ideia, quanto à linguagem a usar para decidir Ebusi a segui-la.

Enquanto prepara mentalmente seu discurso, alguma coisa a faz parar. O tempo passado a enfiar corpos na terra por pouco não lhe perturba a memória. Dedicada à sua tarefa, impondo-se os gestos mais rigorosos, quase se esquece de alguns acontecimentos. De repente, ela se revê na casa de Eleke, no dia em que por fim conseguiu visitá-la, depois do grande incêndio. Sua amiga estava muito mal, mas a razão não a abandonara. Ora, Eleke tinha dado a entender que os bwele sabiam de alguma coisa. A respeito dos doze homens desaparecidos. A matrona sente uma cólera fria atravessá-la dos pés à cabeça. Uma sensação que se devia tanto à compreensão dos fatos, quanto à impotência. Pensa na referência aos bwele, feita pela amiga moribunda. Foram as últimas palavras que ela pronunciou. Mesmo que os motivos dos agressores continuem desconhecidos, a anciã tem agora certeza de conhecer sua identidade. É, portanto, por outro caminho que deverá conduzir Ebusi.

Talvez, caminhando para *jedu*, encontrem Mukano e seus homens. Talvez, tomando aquela direção, possam rever Eyabe. Talvez, por infelicidade, deem de cara com guerreiros bwele de tocaia por aqueles lados. Seja como for, é preciso partir. Não há mais nada aqui.

*

Esta não é a praça principal da aldeia isedu, onde se realizou, há alguns dias, o funeral de um homem. Aqui, o oceano murmura no ouvido da terra, a acaricia com volúpia, mata sua sede com ondas aureoladas de espuma. Vendo-o daquela maneira, Eyabe tem dificuldade para imaginá-lo se alimentando de corpos humanos. Mas assim é. Todas as fibras do seu corpo gritam que é ali. É exatamente ali, o país da água. A sepultura de onde se elevou a voz do seu primogênito. O que Bana tinha a lhe dizer, ela não saberá. Os milicianos que foram prendê-la a levaram para onde acontecem as transações entre dignitários isedu e homens de pés de galinha. O espaço é circular, ocupado da seguinte maneira: de frente para a água, sentados em tamboretes dispostos de semicírculo, estão os notáveis isedu, em número de sete; alguns passos mais adiante, dando as costas ao oceano para olhar para seus interlocutores, três estrangeiros vindos de *pongo* empilharam, em cima de esteiras, as peças a serem trocadas mais tarde.

Os cativos estão alinhados à esquerda. Caçadores bwele os cercam. À direita, ficam soldados isedu, armados como é preciso. Foi por este lado que a mulher chegou, empurrada para a frente pelos milicianos do príncipe, o que de imediato a confrontou com o rosto fechado dos acorrentados. Depois das narrativas de Mutimbo e de Mukudi, ela tentou, diversas vezes, imaginar como seria aquilo. Pessoas imobilizadas, com a cabeça raspada, despojadas dos seus amuletos, dos seus adereços. O que não estava nas palavras, porque isso não se pode contar, eram os olhares transbordantes de angústia. Aqueles olhares que também eram de desafio, olhares que dizem que um dia haverá de nascer, mas que a noite será longa. As narrativas não falavam do ronco na barriga de uma mulher imobilizada, da postura de meninos ainda não circuncisados. As palavras também não permitiam imaginar as correntes. É a primeira vez que ela as vê. De nada serve à mulher ter admitido que os rapazes aprisionados no país mulongo não existem mais, ela esquadrinha o rosto dos presos, cada um deles, com a louca esperança de reconhecer alguém. Eles não estão ali, mas são eles que ela vê. Aquele mesmo sofrimento lhes foi infligido. Com os braços caídos ao longo do corpo, sem fôlego, ela se pergunta por quê.

Seus olhos deslizam pelos artefatos amontoados em cima das esteiras, aos pés dos estrangeiros. Há ali uma pilha de barras metálicas, objetos aparentemente de madeira, que ela imagina serem as armas de raio, braceletes também em metal, de um brilho mais vivo do que o das barras. Quanto será preciso por uma criança? Quanto por um homem feito? As mulheres grávidas valem mais do que as outras? Menos? O que se pode trocar pela aflição dos sequestrados, pela daqueles que não mais os verão? Aquilo terá fim quando os isedu se apoderarem do território bwele? Eyabe treme, pensando que filhos do seu clã foram arrastados à força até ali. Seu inexplicável desaparecimento reduziu a farrapos a harmonia da vida em comunidade. Ninguém dirá aos mulongo qual foi o destino de seus filhos. Ela não o fará, porque foi descoberta. Então, eles jamais saberão, continuarão a desconfiar uns dos outros, a procurar, no seio do seu grupo, os culpados a serem punidos. Não há mais tempo para questionar o silêncio de *ngambi*, consultado em vão.

    É tarde demais para tentar decifrar a mensagem dos *maloba*, os sinais enviados por Nyambe. Somente eles sabem por que o mundo deveria acabar, que realidade nascerá de sua dissolução. Um dos homens que a prenderam grita uma ordem. Vendo a incompreensão em seus olhos esbugalhados, ele a obriga a se ajoelhar. Colocando a mão em sua nuca, ele quer fazê-la baixar a cabeça. Sem emitir qualquer som, ela resiste. Eyabe desafia com o olhar as pessoas de alto nível. Ibankoro, que ela reconhece pelo turbante bordado com um fio cintilante e pela abundância de colares que lhe descem sobre o peito. Njole, que já tinha visto na praça principal, no funeral. Outros dignitários estão presentes. O único rosto que não procura é o de Mutango. Como ela continua a não abaixar a cabeça, o soldado lhe dá um soco. Eyabe cai de rosto no chão e decide não falar. Sejam quem forem todos eles, nada tem a lhes dizer. Os homens de pés de galinha parecem constrangidos por aquele incidente que vem interromper as negociações. Mas não se queixam. A mulher pensa em Mukudi, que levaram para o prédio branco. Revê também o rosto daquela que os denunciou. Aquilo não a abala. Sua mente voa para longe. A picada da areia em sua pele deixa-a indiferente. Mal ouve o notável bwele que fala em idioma mulongo:

— Mulher — diz ele, — suas escarificações a traíram. Essa cabeça raspada não enganará ninguém. O que você faz aqui?

Eyabe não responde. Seu mutismo carrega mais palavras do que ela poderia pronunciar. Ecoa com mais força do que um tambor, explode mais alto do que fariam as armas cuspidoras de raio.

A princesa Njole rompe o silêncio. Ouve-se um riso em sua voz, que não se repete na do homem que traduz suas palavras:

— Você pode ficar com suas motivações. Os mulongo são agora gente nossa. Acredite, nós saberemos ensiná-los a andar direito. Os doze que pegamos da primeira vez nos causaram muito aborrecimento. Por culpa deles, fomos humilhados. Agora, a afronta está vingada. Fique sabendo: suas palavras não me interessam.

Dirigindo-se àquele que está à sua direita, ela acrescenta algumas frases. Ele se apressa em transmiti-las:

— Vamos refletir quanto ao seu destino. Ou você será levada para uma de nossas regiões, lá onde os do seu clã foram agrupados, ou nós a deixaremos aqui, ou Sua Alteza Ibankoro disporá de você como bem entender. Afinal, foi o território dele que você violou.

Interpelado, o príncipe isedu leva ao conhecimento da assembleia sua falta de interesse por aquela mulher. Os últimos de seu povo que puseram os pés naquele país foram fonte de problemas. Mais uma vez, ele precisou entregar reféns aos estrangeiros, como compensação pela perda de nove cativos. Só sobraram um velho que não serviria para grande coisa e um homem em estado de desamparo. Dele também não há o que se possa conseguir.

— Como essas pessoas são suas — acrescenta ele, — conto com nossa irmã Njanjo e com você mesma para torná-las mais... fáceis de conviver. Ou nossos acordos não se sustentarão. Para produzir cativos negociáveis, aplicarei os métodos antigos, que funcionavam a contento.

Njole não respondeu de imediato. Com um gesto da mão, convida seu servo a abaná-la com mais força, pede que lhe tragam algo para matar a sede. De onde se encontra, Eyabe acredita ouvir a princesa bwele engolir em seco e, quando ela volta a se expressar, sua voz lhe chega como um murmúrio:

— Irmão, você há de reconhecer, o que aconteceu era imprevisível. Acredito que forças ocultas se manifestaram. O culpado, com certeza, foi aquele velho feiticeiro. Sua captura foi um erro, mas ele estava com os jovens iniciados quando nossos caçadores os apanharam. Agora, ele nada mais pode fazer, já que "o navio" o levou.

Enfim, para ela, a perda de nove homens mulongo foi um mal necessário. O acontecido levou a rainha Njanjo a dar um golpe fatal naquela comunidade. Foi uma operação de grande envergadura, prova de que os bwele não agiam com leviandade.

Para capturar um clã inteiro, foi preciso deslocar homens pela mata durante vários dias. Por sorte, os mulongo saíam pouco. Antes da partida de seu chefe, estavam todos ocupados, em rituais coletivos. Isso tinha facilitado muito a operação. Agora sem terra, privados tanto do seu Ministro dos Cultos como do chefe, os mulongo serão os cativos mais maleáveis que se viu. Dispersos pelo vasto país bwele, deixarão bem depressa de falar a sua língua e não conseguirão recriar a coalizão de seu grupo, cujo nome desaparecerá. Absorvidos pelos bwele, eles formarão, de agora em diante, uma casta de submissos, boa para o escambo. Conseguir tudo aquilo sem se dar ao trabalho de entrar em guerra com eles foi um feito e tanto. De boa vontade, o notável bwele traduz as palavras de sua princesa. Espera provocar uma reação em Eyabe. A mulher pouca importância dá a toda aquela tagarelice. Sua atenção, agora, está voltada para o oceano. Ela o viu enquanto os soldados de Ibankoro a levaram até seu soberano. De onde está, ela o ouve como nunca antes. A voz do seu primogênito está nos rugidos da água. Ele chora a paz que não lhe será dada. Eyabe se diz que deixou o pote de terra na casa. Tomou muito cuidado com ele, conservou-o consigo quase todo o tempo. À noite, fez dele seu travesseiro, um veículo para que seus sonhos a levassem ao passado. Ao amor. Às alegrias partilhadas. Naquele instante, gostaria de ter nas mãos um punhado da terra conservada no recipiente. Jogá-lo na água, antes de se atirar. Paciência. Oferecerá às ondas o seu próprio corpo, para que finde o tormento dos mortos sem sepultura. Que venha a paz, ainda que a resistência esteja comprometida. A mulher fica de pé, salta sobre si mesma. Toma impulso, corre com todas as forças em direção ao oceano.

*

As duas caminham lado a lado, abraçadas, avançam para *jedu* a passos curtos. A vegetação as impede de ir mais depressa. Não se muniram de um facão para cortar os galhos rebeldes. Aliás, elas têm todo o tempo de que precisam. É o que acontece quando se ignora para onde se vai: nenhuma necessidade de se apressar. É a mais velha quem transporta a sacola contendo o que comer. Não juntaram muita coisa, não sentem fome. Quando chega a noite, as duas param de andar, rezam para serem protegidas naquela provação, abandonam-se ao sono. O medo não está na ordem do dia. Com que se preocupar, quando se perdeu tudo? Numa curva do caminho, poderiam cruzar com um animal, um humano mal-intencionado, um gênio mau. Pouco se importam. Uma delas só pensa em reencontrar o filho. Foi por isso que aceitou deixar a aldeia. A mais velha lhe disse que aquele era o único jeito:

— Vamos tomar a direção de *jedu*, seguindo os passos do nosso *janea*. Agora, enquanto falo com você, ele já deve ter notícias de Mukudi. Vamos, venha comigo...

A velha mentiu. Não tinha escolha. Era isso ou Ebusi não teria se mexido, teria continuado lá, mãos coladas às orelhas, tendo nos lábios o nome do primogênito. A anciã ignora se a companheira sobreviverá à viagem. Depois de ter passado dias sem se alimentar, ela está muito fraca. E também não se lavou desde que se instalou na casa comum. O cheiro que sai do seu corpo é um suplício. Mas não será isso que fará Ebeise fraquejar. Aquele fedor seria quase doce, se comparado ao dos corpos em estado de decomposição que precisou limpar, antes de entregá-los à terra que não poderá conservá-los por muito tempo. Aqueles cadáveres não nutrirão o solo do país. As plantas não retirarão deles alimento para crescer. Sob todos os aspectos, aquelas são mortes inúteis. Mortes aberrantes.

Enfim, ela não mentiu tanto assim à sua companheira de viagem. Esforça-se por seguir o caminho pelo qual deve ter ido o chefe. Sem permitir que a esperança crescesse demais em seu coração, aquela que por muito tempo foi a matrona dos mulongo gostaria, antes de se juntar ao outro mundo, que lhe fosse permitido rever vivos alguns indivíduos vindos de sua aldeia. Que lhe fosse possível contar o horror. É impossível ter visto aquilo e ficar em silêncio. Não pode falar com Ebusi, que não ouve nada de nada se o nome de seu filho não for pronunciado. Tudo o que a anciã pede é que não desapareça com toda aquela dor dentro dela. Já é terrível imaginar que seu espírito não terá mais uma comunidade sobre a qual velar. Há muito pouco tempo, ela recusava a simples ideia de reencarnar para viver outra vez na terra.

    Agora, a perspectiva de ser um dia uma alma sem laços lhe arrancaria lágrimas. Chorar a faria desmoronar. Se começasse, não se controlaria. Então, pensa. Faz a si mesma as mesmas perguntas, sem parar. Se foram realmente os bwele que agiram, o que fizeram com aqueles cujos restos ela não encontrou? O que fizeram com os doze homens desaparecidos na noite do grande incêndio? E, principalmente, por quê? Se os bwele estivessem precisando de alguma coisa, fosse do que fosse, seus vizinhos considerariam ser sua obrigação ajudá-los. Ficariam honrados ao fazê-lo. A anciã reflete que seu povo, sem dúvida levado a isso pela própria história, viveu voltado demais para si mesmo. Os filhos de Emene, mortificados por terem precisado fugir diante dos próprios irmãos, feridos pelo êxodo e depois pelo exílio, imaginaram se preservar ao não se permitirem conhecer melhor o mundo. Talvez tivessem encontrado aliados. Nunca mais pronunciaram o nome do país de antes, nunca mais voltaram lá, para negociar a paz. Para dizer: "Gerações se passaram, mas nós continuamos a ser o seu sangue. Então, vamos nos conhecer."

    Só eles poderiam fazê-lo, a descendência de Muduro não sabendo onde encontrar a de Emene. Ora, os mulongo não fizeram a viagem no sentido inverso, de *mikondo* a *pongo*, para pisar de novo o solo original. O clã viveu como um ser que pariu a si mesmo. Aterrorizado pela violência, ele a ritualizou e policiou, de modo a resolver os conflitos através da palavra. Mukano encarnava essa filosofia à perfeição. Teria feito mal? Ela acredita que não. E no entanto é bem necessário reconhecer os perigos de tais concepções, quando se tem uma terra compartilhada com outros, que concebem a vida de outra maneira. Sem acreditar muito, Ebeise diz a si mesma que seu marido, Mundene, teria sido capaz de proteger o clã. Ela se lembra dos primeiros tempos de sua união, quando ele lhe contava a história secreta da comunidade, a versão mística da epopeia mulongo. Na época de Emene, a fundadora do clã, o Ministro dos Cultos era poderoso o bastante para ocultar o povo inteiro. Os predadores, fossem humanos ou animais, não viam os que haviam seguido a rainha. Foi assim que puderam andar por tanto tempo, de *pongo* até *mikondo*, e só parar no instante em que as plantas dos pés tocavam o solo. Mundene, que lhe fizera muitas confidências, nunca chegou a lhe revelar os arcanos de sua prática. Por isso, ela ignorava se ele conhecia o método para subtrair toda uma aldeia da visão de potenciais agressores. E, para pô-la em prática, ainda seria preciso ter consciência das ameaças. O guia espiritual ligado à rainha Emene não tinha precisado interrogar o *ngambi* para saber que forças nefastas se criavam no interior do mundo conhecido, e talvez no além. Afastar-se dos seus correndo o risco de morrer, ser obrigado a se atirar de cabeça no inexplorado, impunha algumas precauções. Com os mulongo, foi diferente. O clã havia encontrado seu refúgio de paz, enrodilhara-se em cima dele. Mundene, como o resto da comunidade, foi surpreendido pelo grande incêndio, não desconfiou de sua origem. Hoje, ele havia desaparecido. A aldeia também. As visões de Eleke se revelaram imprecisas demais para indicar o caminho a seguir. Petrificado por suas novas responsabilidades, Musima também não soube o que fazer. A morte o ceifou quando ele tentava, mais uma vez, fazer o *ngambi* falar. Teriam os ancestrais ficado surdos aos seus apelos, ou ele havia falhado? Nunca se saberia. Teria sido preciso manter os olhos abertos para o mundo visível, eis tudo.

O que diria ao *janea*, ela que tanto desejava revê-lo? Caso acontecesse, aquele reencontro prometia ser mais fonte de tristeza do que de apaziguamento. O coração de Mukano voaria em pedaços. Ele iria querer ver, com os próprios olhos, o que havia acontecido com as terras herdadas de seus predecessores, com o que restava do povo pelo qual se tornara responsável. Seu olhar se deteria no santuário dos relicários, transformado num montinho de cinzas. Subindo a colina onde antes se elevava a chefatura, contemplaria ruínas carbonizadas. Seus urros de raiva só encontrariam o vazio. Ele sufocaria, destruído pelos eflúvios de morte que banhavam o país. E então se lembraria de sua visita à rainha Njanjo dos bwele e saberia que ela havia mentido, fingindo nada saber a respeito dos filhos perdidos de Mulongo. Compreenderia que ela, de propósito, o tinha feito seguir uma pista falsa, a fim de mandar seus caçadores atacarem a aldeia. Iria querer enfrentá-la. Preparando-se para declarar guerra pela primeira vez na história dos seus, Mukano se daria conta de que só lhe restavam oito homens, os de sua guarda pessoal. Nem mesmo uma criança pretenderia enfrentar os bwele com tão poucos elementos.

Com toda certeza, seria um doloroso reencontro. Sem essa perspectiva, porém, só restaria a Ebeise deixar-se cair ali, pouco importa onde, para esperar o fim. Não pode aceitar isso. Tudo à sua volta foi destruído, mas ela foi poupada. Deve haver uma razão. Caminhando, ouve a companheira, que murmura uma canção de ninar, bate palmas ritmadas, embalando um recém-nascido imaginário. E aquela ali? Se lhe fosse dado reencontrar seu primogênito e, com ele, a razão, como suportaria o desaparecimento dos outros filhos? Melhor será, para ela, continuar perdida em lembranças, só ter olhos para os dias felizes. A anciã passa-lhe um braço pelos ombros, puxa-a para si. A mulher ri. Parece uma menina. Não percebe que as duas acabam de chegar a uma região pantanosa. É impossível dar um passo a mais. Ebeise olha a lama que lhe sobe até o meio da perna. Dela exala um cheiro parecido com aquele que cobre a aldeia de onde saíram. A velha se vira e constata que não podem voltar atrás, nem buscar outro caminho.

Presas na armadilha daquele lamaçal gelatinoso, mal conseguem mexer os dedos dos pés. Não se vê terra firme. Nada, naquele lugar, indica a presença de uma população, nem ao menos de uma pessoa capaz de ouvi-las, se pedissem socorro. Não era o caso de se esgotar em gritos inúteis, amolecer naquela lama fedorenta. Ebeise imagina, com horror, como deveria ser deixar-se engolir por aquela matéria, senti-la penetrar nas narinas, na boca. Ebusi acaba de perceber a estranha textura do solo, parece tentada a mergulhar as mãos. A anciã se sente incapaz de segurá-la por muito tempo. Com o olhar, busca um galho, uma vara, até mesmo um cipó, alguma coisa na qual se apoiar, à qual se agarrar. No emaranhado das estranhas raízes de um arbusto cujo nome ignora, aquela que não é mais a matrona dos mulongo avista um objeto, aperta as pálpebras para ver melhor.

Seus olhos se enchem de lágrimas quando ela reconhece uma das *mbondi* do chefe Mukano. Seus homens e ele realmente chegaram até ali. Terão continuado viagem? Teriam sido vencidos por aquele solo grudento? Não. Eles eram nove. Mukano e oito dos seus soldados. Ela prefere acreditar que eles souberam sair dali. Imóvel, a mulher fixa sua atenção no calçado: um artefato de couro, moldado pelos melhores artesãos do clã. O *janea* deve tê-lo perdido por causa da turfa. Onde ele pode estar? Ali não há ninguém. Os galhos daqueles arbustos são frágeis demais para aguentar o peso de alguém que quisesse se segurar para escapar do lodo. Ebeise está cansada demais para se deixar vencer pelo pânico. Sem que seja razão suficiente, o fato de ver, não longe dali, um objeto pertencente a Mukano, faz nascer nela o desejo de se aproximar do conjunto de arbustos. Ignora o que fará ao chegar lá, mas aquele é um objetivo tão bom quanto qualquer outro. E, com Ebusi ao lado, ter uma meta, por modesta que seja, é a única coisa a fazer. Continuar em movimento. Se a noite as encontrar naquele lugar, Ebusi vai querer se sentar, ou deitar. A anciã não tem pressa de assistir àquele espetáculo. Se for obrigada a se declarar vencida, terá tentado tudo.

Mantendo Ebusi apertada contra seu corpo, a mais velha se concentra nos pés e faz uso de toda a sua vontade para descolar um, pelo menos um, do lamaçal que o aspirou. Rindo, sua companheira se abandona ao abraço como faria uma criança, embora todo o esforço pese nos ombros da matrona. A anciã começa a cantar para se dar coragem, uma balada sem alegria, como as que as mulheres de seu clã criaram para falar da noite do grande incêndio, do desaparecimento dos seus, da reclusão de dez mães desoladas numa casa isolada. A canção entoada por Ebeise é feita para que a ela se juntem outras vozes. Ela conta o que sabe dos últimos tempos do povo mulongo, nomeia aqueles que não foram vistos depois do fogo, chama pelo nome as mulheres cujos filhos estão perdidos, recorda seus primeiros partos. Lembra-se de Eleke, sua mais-que-irmã.

— Era mesmo preciso — diz ela, — que uma de nós tenha ido esperar a outra no país dos mortos.

A anciã pensa no filho mais velho, cuja cabeça precisou arrancar de uma galinha. Pensa no marido, o mestre dos mistérios, que não se manifestou. Convoca o chefe, interroga os sábios da comunidade, que precisou enterrar.

Suas pernas estão dormentes. Ela não larga Ebusi, nem renuncia aos seus esforços. Tem a impressão de ter conseguido mexer um pouco o pé direito, quando uma voz chega aos seus ouvidos. Alguém canta com ela, acompanhando o ritmo do lamento improvisado, encontrando por instinto as frases que lhe faltam para pontuar os versos. É na língua mulongo que uma mulher a acompanha, dizendo:

— Eee, nossa tia, me contaram tudo isso. Eee, nossa tia, tudo isso e muito mais.

Ebeise se cala, presta atenção, procura. Reconheceu aquela voz, acha que reconheceu, mas precisa ver o rosto da mulher. Só então saberá que não se trata de um truque de um gênio do mal. Entre os galhos dos arbustos que crescem a alguns passos, não longe do lugar onde quer chegar, a anciã não descobre qualquer figura familiar. Só há ali uma garotinha silenciosa. Uma menina desconhecida, empoleirada num tronco de árvore, que a encara. A criança estica o braço. Por um instante, Ebeise só vê aquele membro. A outra voz continua a dizer:

— Eee, nossa tia, me contaram tudo isso. Eee, nossa tia, tudo isso e muito mais.

E essa é a única razão por que a matrona acaba olhando na direção que lhe é apontada. E, então, reconhece Eyabe.

*

Os que vivem atrás daquele pântano foram buscá--las. Precisaram de tempo para arrancar da lama o corpo robusto da anciã. Depois, eles as levaram, a bordo de suas balsas, às margens de um rio que chamam de Kwa, uma palavra que, em sua língua, fala de justiça. As mulheres da comunidade as acolheram. Elas ficaram na casa reservada aos recém-chegados. Lá, tiveram a surpresa de encontrar Musinga, esposo de Eyabe e batedor exclusivo do *janea*. O homem havia tomado a direção de *jedu* depois de seu soberano, bem depois da partida desse último. Estava preocupado. O Conselho se revelava incapaz de administrar a comunidade. Ele tinha chegado ao pântano na véspera do dia em que os homens de Bebayedi descobriram o corpo sem vida de Mukano. Desde então, cuidavam de uma febre que ele contraíra na noite que precisara passar na turfa, cercado de cadáveres em decomposição. Seu estado melhorou depois da volta de Eyabe. Ao vê-la, ele murmurou:

— Com um pouco de treino, você daria um excelente batedor.

Em tom grave, ela perguntou:

— Por que você não foi me ver na casa comum? Você também acreditava que eu tinha matado nosso filho?

O homem sacudiu a cabeça, em sinal de negativa. Não só jamais acreditara naquilo, como havia discretamente ido até bem perto da habitação, quase todos os dias.

— Era impossível me aproximar de você, mas eu nunca a abandonei. Você não me conhece?

Enquanto a anciã e sua companheira descansavam, aquela que pegou a estrada para encontrar o país da água contou as peripécias de sua viagem. Sim, o país da água existe. Estende-se do litoral até o horizonte. Não se pode percorrê-lo a pé, nem medir sua extensão. Dizem que, depois dele, existem terras, povoadas por humanos. Os estrangeiros de pés de galinha viriam de um daqueles países distantes. Eyabe contou tudo o que tinha visto, ouvido, sentido, depois de sua saída da aldeia. Não omitiu nenhum detalhe, nem mesmo o mistério de sua morte ou, depois, o do seu renascimento. A anciã e Ebusi ficaram sabendo que, não vendo saída mais honrosa, ela se jogou no oceano. As duas não conseguem imaginar direito aquele espaço aquático, visto que, a seus olhos, um rio já é um fenômeno. Oceano não quer dizer nada, mas elas ouviram. Elas tremeram, choraram. Abafaram gritos, choraram. Disseram palavrões, choraram, choraram...

Eyabe relatou o que aconteceu debaixo d'água, quando se afogou. Bana lá estava, como não podia se mostrar na terra dos vivos. Exibia seus nove rostos, que falaram numa só voz:

— Quando nos fizeram entrar na barriga do navio, havia lá outros cativos, vindos de lugares dos quais não tínhamos conhecimento. Fomos separados, para que não houvesse conversa entre nós. Foi Mukate quem teve a ideia, mas nós o aprovamos e seguimos. Ele cantou para falar conosco, propondo que abandonássemos nossos corpos.

Desse modo, voltaríamos à aldeia, pediríamos às nossas mães para nos parir outra vez. O Ministro dos Cultos nos preveniu: tal procedimento não era autorizado naquele caso. Éramos proibidos de deixar nossa carne com a finalidade de nos subtraímos à provação. Deveríamos tê-lo escutado? Nossas mães não nos reconheceram. Quando tentamos retomar nossos corpos, os homens de pés de galinha os tinham jogado na água. Eis por que estamos aqui. Só nosso irmão Mukudi e o velho Mundene ficaram a bordo da embarcação. Era preciso que alguém viesse. Que nos ouvisse...

Mundene foi levado com os cativos desconhecidos. Se sobreviveu à travessia, encontra-se agora num país situado do outro lado do oceano. Se seu espírito precisa atravessar toda aquela água para se manifestar, não surpreende que não tenhamos tido notícias dele. Quanto a Mukudi, foi levado de volta à terra. Estava muito mal. Os estrangeiros não o queriam, diziam ter sido enganados. Depois que ouviu a fala dos desaparecidos, Eyabe acordou na construção branca erguida no litoral. Soldados isedu tinham mergulhado atrás dela, por ordem de seu soberano. Contra a vontade, eles a salvaram do afogamento. Não se podia deixar que os acorrentados que iriam ser traficados, ou os cabeças-raspadas que ouvissem boatos a respeito, ficassem tentados a imitá-la. Na prisão que ela dividia com Mukudi — ele tinha sido colocado em isolamento —, Mutango apareceu no meio da noite. O homem, agora a serviço da princesa arqueira dos bwele, subornara os guardas para penetrar no local. Ele não teve tempo de contar sua história. Privado de voz por ter tido a língua cortada, só pôde se exprimir por gestos, explicando que tomaria o lugar da mulher. Ela podia ir embora. Ninguém a impediria. Tudo o que precisavam fazer era trocar de roupa. Magro como estava agora, ele podia sem dificuldade vestir os trajes de Eyabe e criar aquela ilusão até a volta do sol. Quando ela saísse, acreditariam que fosse ele. Era preciso se apressarem.

Voltando-se para Mukudi, Eyabe suplicara que ele a seguisse. Iriam juntos esperar os transportadores, se instalar perto do pântano. Seu povo havia sido capturado, levado para fora de suas terras. Não tinham mais aldeia. O homem não precisava ficar no país isedu para se lembrar dos irmãos. Eles não o reprovavam. Eles morreram na esperança de terem uma chance de viver de novo. Para honrá-los, ele devia aceitar ter sobrevivido. Foi assim que os dois se lançaram pelos caminhos. Eis o que contou a mulher. Agora, Ebusi precisa compreender por que seu primogênito lhe pede que não o chame mais de Mukudi. Ele deseja renascer à sua maneira, nas margens do rio Kwa. O que seus irmãos não puderam realizar, ele conseguirá, por eles. Mãe e filho estão juntos perto da água. Crianças mergulham redes para pegarem os peixes. Os mais dotados os agarram só com as mãos. Ela pergunta:

— Era por isso que você não me respondia? Porque não quer mais ter esse nome?

Ele responde:

— Eu não a ouvia, porque esse não é mais o meu nome. Aquele de quem você fala morreu com os outros. Eu mesmo não sei o que me tornei, mas nós descobriremos juntos, se você quiser me ajudar.

Mais longe, Eyabe conversa com Ebeise. A anciã a ouve com atenção. Ela sorri, quando a voz de Eleke vem lhe sussurrar:

— Escute o que ela diz. Onde quer que vá, esta aí é filha de Emene.

A mulher diz que aquela terra se chama Bebayedi. É o país que se deram aqueles que escaparam da captura. Aqui, as lembranças de uns se mesclam às dos outros, para tecerem uma história. A anciã pergunta o que alguém pode vir a ser sem a ajuda dos ancestrais, sem reconhecer, no solo, as marcas de sua passagem. Como avançar, se outros não traçaram um caminho. A mulher responde que os antepassados não estão fora de nós, e sim dentro de nós. Estão no bater dos tambores, na maneira de preparar as refeições, nas crenças que perduram e se transmitem. Aqueles que os precederam na terra dos vivos moram na língua que falam naquele instante. Ela será transformada em contato de outras línguas, que impregnará tanto quanto elas a preencherão. Os ancestrais lá estão. Nem o tempo nem o espaço os limitam. E também moram onde se encontra sua descendência.

— Grande número dos nossos pereceu — ela acrescenta, — mas nem todos estão mortos. Lá onde foram levados, fazem o mesmo que nós. Mesmo que seja em voz baixa, falam a nossa língua. Quando não podem falá-la, ela continua a ser o veículo do seu pensamento, o ritmo de suas emoções.

A mulher diz que não se pode despojar os seres daquilo que receberam, aprenderam, viveram. Eles mesmos não conseguiriam, se tivessem vontade. Os humanos não são cabaças vazias. Os ancestrais lá estão. Pairam acima dos corpos que se abraçam. Cantam quando os amantes gritam em uníssono. Esperam à soleira da casa na qual uma mulher está em trabalho de parto. Estão no vagido, no balbucio dos recém-nascidos.

— Os pequeninos falam das esferas do espírito, que conheceram antes de estar entre nós. Se pudéssemos compreendê-los, saberíamos que almas velhas habitam aqueles corpos novos. Aliás, às vezes sabemos. Nós as vemos, se estamos atentos.

As crianças crescem, aprendem as palavras da terra, mas o laço com as regiões do espírito permanece. Os ancestrais lá estão, e não são um confinamento. Eles conceberam um mundo. Este é seu legado mais precioso: a obrigação de inventar para sobreviver.

A mulher diz que é preciso chorar os mortos. Nove rapazes do clã deixaram seus corpos para que seu espírito volte para perto dos seus. Naquele novo país de Bebayedi, lhes será dada uma sepultura. Troncos de *makube* serão enterrados na terra. Ao final de nove luas será construída, acima daqueles túmulos, uma casa da qual cada pilar será batizado com o nome de um dos jovens mortos. Será o santuário da aldeia. Nove homens pereceram quando partiam em busca dos filhos perdidos de Mulongo. Mukano e os de sua guarda descansam no pântano próximo a Bebayedi. Surpreendidos por chuvas torrenciais que duraram vários dias, afogaram-se. O povo daqui, recluso em suas habitações durante o mau tempo, não pôde socorrê-los. Uma vez passado o dilúvio, foram alertados pelo cheiro. O chefe se agarrara a raízes de *tanda*. A parte superior de seu corpo apodrecia ao sol.

Uma noite, imediatamente depois dessa descoberta, uma flor chamada mangangá começou a crescer em abundância naquela parte do pântano. Pouco a pouco, a água começou a devolver objetos: as lanças, os amuletos dos soldados mulongo; o *mpondo* do chefe, uma de suas *mbondi* que a turfa havia aprisionado — a outra tendo sido encontrada mais tarde por Ebeise—, seu *ekongo* e seu bastão de autoridade. Tudo será entregue à anciã, à espera da construção do santuário. A mulher diz que vinte e sete pessoas foram entregues à terra no país de antes. Seus nomes serão transmitidos aqui, para que saibam que um povo os reconhece, os reclama. A velha concorda com a cabeça. Por medo de ser mal compreendida, não ousa dizer "Está tudo bem". Então, murmura:

— Saibamos acolher o dia quando ele se apresenta. E também a noite.

Léonora Miano
Paris, dezembro de 2012.

GLOSSÁRIO[11]

Betambi (singular: **etambi**): sandálias.
Dibato (plural: **mabato**): tecido.
Dindo: refeição que marca o final de uma prova, preparada com ingredientes incomuns.
Elimbi: tambor.
Etina: dia da semana.
Eyobo: estojo peniano.
Inyi: figura feminina do deus criador.
Iyo: mãe.
Kwasi: dia da semana.
Janea: chefe.

---

11 Os nomes das plantas ou árvores não foram traduzidos, devido ao fato de que a autora nem sempre conhece os termos adequados em outro idioma. Pela mesma razão, ou por não ser necessário, algumas noções também não foram explicadas.

Jedu: o leste.
Maloba (singular: ***loba***): divindades secundárias, manifestando-se, por exemplo, nos elementos.
Manjua: vestimenta com franjas, em fibras vegetais, que parece uma saia e é usada em sinal de luto.
Mao: vinho de palmeira.
Mbenge: o oeste.
Mbua: chuva.
Mbondi: botinas usadas pelo chefe quando faz uma viagem.
Mikondo: o sul.
Misipo: o universo.
Mpondo: capa real, em pele de leopardo.
Mukosi: dia da semana.
Musuka: coroa real.
Mwititi: escuridão, sombra.
Ngambi: oráculo.
Ngomo: tambor.
Nyambe: deus criador.
Nyangombe: o ***loba*** da esterilidade.
Pongo: o norte.
Sango: título dado aos homens em sinal de respeito, traduz-se por "Meu senhor" ou por "Senhor", conforme o caso.
Sanja: sarongue.
Wase: terra.

AGRADECIMENTOS

Faço questão de agradecer a Sandra Kkaké, que me entregou, em setembro de 2010, uma pesquisa intitulada "A lembrança da captura"[12]. Realizada por Lucie-Mami Noor Nkaké, a mãe de Sandra, "A lembrança da captura" não é um ensaio, mas um curto relato de missão. Seu objetivo era ver se existia, em terras saarianas, uma memória do Tráfico Transatlântico. Levada a cabo com o suporte da Sociedade Africana de Cultura e da UNESCO, a pesquisa, feita no sul do Benin, demonstra a existência de um patrimônio oral a respeito do tema e a pertinência de pesquisas ainda por realizar, inclusive em outros países subsaarianos.

Esse relato de missão não se destinava a ser lido por um autor de ficção. Muitos julgariam entediante tal

---
12 Sociedade Africana de Cultura & UNESCO.

documento, técnico sob certos aspectos. Encontrei nele, contudo, a confirmação de intuições muito antigas que, tornadas obsessivas, irrigam minha proposta literária.

Quem conhece meus escritos percebe que há anos leio a respeito do Tráfico Transatlântico, a bem dizer desde 1997. E a outros temas ligados à experiência dos subsaarianos e/ou dos afrodescendentes. Ainda assim, *A estação das sombras* não teria visto a luz do dia neste formato sem "A lembrança da captura", em grande parte devido ao título dado àquele documento. Que lembrança temos, de fato, da captura? Podemos nos lembrar daqueles sequestros sem dizer quem foram aqueles que os viveram e como viam o mundo?

Para descrever o cotidiano das comunidades subsaarianas que viveram antes da colonização, pesquisas foram necessárias. Era importante, para recriar tais populações, adquirir um bom conhecimento de todos os aspectos de sua vida, de seu pensamento. Por puro chauvinismo, baseei-me em meu espaço cultural de referência, a África central banta, também envolvida no Tráfico Transatlântico, embora pouco se refira ao tema. No que diz respeito à mitologia, às crenças e também, por exemplo, aos trajes, *A estação das sombras* deve muito aos trabalhos do príncipe Dika Akwa nya Bonambela e, em especial, a uma obra intitulada "Les descendants des pharaons à travers l'Afrique"[13].

Last but not least at all[14], minha família.

---
13 *Les descendants des pharaons à travers l'Afrique : la marche des nationalités kara ou ngala de l'antiquité à nos jours*, Osiris-Africa, 1985. (Os descendentes dos faraós através da África: a marcha das nacionalidades kara ou ngala da Antiguidade aos dias atuais.)
14 Por último, mas de modo algum menos importante (em inglês no original). (N. T.)

A língua subsaariana empregada por todas as populações imaginadas para o texto é o duala, da República Federal de Camarões. Por vezes, foi útil preencher minhas lacunas na matéria.

Agradeço à minha mãe, Chantal Kingué Tanga, por ter respondido a todas as minhas perguntas relativas às plantas e por ter, quando não as tinha, pesquisado as respostas.

Agradeço a Philippe Nyambé Mouangué, que me trouxe elementos preciosos e determinantes para escrever este romance, sobretudo no que diz respeito à percepção não racial que tiveram alguns europeus em relação ao nosso litoral.

L. M.

Este livro foi impresso em agosto de 2020,
na Gráfica Assahi, em São Paulo.
O papel de miolo é o pólen soft 80g/m²
e o de capa é o cartão 250g/m²